EL MICALET GALÀCTIC
bromera

EL MICALET GALÀCTIC

COL·LECCIÓ DIRIGIDA PER JOSEP A. FLUIXÀ

ÚLTIMS TÍTOLS PUBLICATS SÈRIE BLAVA - A PARTIR DE 12 ANYS

156. *Quan Hitler va robar el conill rosa.* Judith Kerr / Pere Mejan
159. *La biblioteca fantàstica.* Jesús Cortés / Francesc Santana
165. *Mals temps per a fantasmes.* Agustín Fernández Paz / Mai Egurza
170. *El tresor de Saïda.* Eva Peydró / Paco Roca
177. *La banda dels mitjos lladres.* Pasqual Alapont
179. *Guardians i protectors.* Jesús Cortés / Francesc Santana
184. *Els tres mosqueters.* Alexandre Dumas / Antoni Laveda
185. *Investigaràs fins al final.* Francesc Gisbert / Jesús Huguet
195. *Llegendes valencianes.* Josep Franco / Jesús Huguet
198. *Déus, herois i mites de l'antiga Grècia.* Jesús Cortés / Camilo Valor
205. *Les aventures de Huckleberry Finn.* Mark Twain / Elisa Ancori
211. *Quin sidral de campament!* Pasqual Alapont
216. *Robinson Crusoe.* Daniel Defoe / Antonio Sánchez

Hi ha unes propostes didàctiques referides a aquest llibre que es poden descarregar de manera gratuïta

Aquesta obra ha rebut una ajuda de la Conselleria de Cultura i Turisme, Direcció General del Llibre, Biblioteques i Arxius, en la convocatòria d'ajudes per a la traducció l'any 2010.

XUNTA DE GALICIA

Aquesta obra ha sigut publicada amb una subvenció de la Direcció General del Llibre, Arxius i Biblioteques del Ministeri de Cultura, per al prèstec públic en Biblioteques Públiques d'acord amb el que està previst en l'article 37.2 de la Llei de Propietat Intel·lectual.

GOBIERNO DE ESPAÑA | MINISTERIO DE CULTURA

Títol original: *Avenida do Parque, 17*
© Herdeiras de Agustín Fernández Paz, 1996
Traducció: Josep Franco Martínez, 2011
© Dibuixos: Maitane Egurza Arruti, 2011
© Edicions Bromera
Polígon industrial 1 - 46600 Alzira
www.bromera.com
Impressió: Romanyà-Valls

1a edició: octubre, 2011
5a edició: novembre, 2017
ISBN: 978-84-9824-707-7
DL: V-2228-2012

PAPER ECOLÒGIC TCF LLIURE DE CLOR

FOTOCOPIAR LLIBRES NO ÉS LEGAL

LLIBRE AMIC DELS BOSCOS
PAPER PROCEDENT DE FONTS RESPONSABLES

EL MICALET GALÀCTIC

Mals temps per a fantasmes

Agustín Fernández Paz

Dibuixos de Mai Egurza

Traducció de Josep Franco

edicions bromera

Per a Mariña,
amb el record del nostre
primer any a Vigo

1
Temps de mudances

Clara va aparcar el cotxe al costat de l'enorme camió de mudances. Després, va mirar la seua filla i, amb posat alegre, li va dir:

–Ací la tens: la nostra casa nova. Què et sembla?

Marta no va respondre a la pregunta de sa mare, però va baixar de seguida del cotxe i es va quedar dreta mirant la casa que s'aixecava, solitària, al seu davant. A aquella hora del migdia, amb el sol d'agost que il·luminava intensament el jardí, el porxo i la casa sencera, li resultava difícil imaginar que en un lloc com aquell pogueren haver passat els estranys fets que li havia explicat son pare i que li havien deixat una mescla de curiositat i desassossec al seu interior.

Des de fora, la casa li va semblar enorme i encara li ho va semblar més quan, seguint les passes de Clara, va pujar per l'escala del porxo i va entrar a l'ample rebedor. César, son pare, ja hi era, amb els homes de la mudança, que estaven acabant de descarregar totes les coses que havien portat amb el camió. Els mobles, les caixes i els paquets s'escampaven pertot arreu. Marta i sa mare caminaren evitant els objectes, com qui recorre els carrers d'un laberint, per a poder arribar a les escales que, des del rebedor, pujaven cap al primer pis.

Les escales acabaven en un espai semicircular del qual eixien dos passadissos orientats perpendicularment. Clara, seguida sempre per la seua filla, es va dirigir, amb pas decidit, cap a una porta que hi havia al final del passadís de la dreta.

–Obri-la –li va dir, a Marta.

La xiqueta va obrir la porta i va entrar en una habitació ampla i lluminosa, amb el sostre molt alt i amb un terra de velles taules de fusta. Davant la porta hi havia un balcó gran per on entrava la llum del sol, que ho omplia tot amb una claror que convidava a l'alegria.

–T'agrada el teu nou dormitori? Veritat que és preciós?

Clara mirava la seua filla, que s'havia quedat quieta enmig de l'habitació, sense saber què dir, encara que als ulls se li notava l'agradable sorpresa que li havia causat. De seguida, hi va afegir:

–Jo baixe a ajudar al pare, que encara hi ha molt a fer. I tu també ens has de donar un colp de mà; pots encarregar-te de fer que pugen ací dalt els mobles i les caixes que porten el teu nom.

La mare se'n va anar i Marta es va quedar sola a l'habitació. Era un espai enorme, més del doble de l'habitació que tenia al pis on havia viscut fins aquell moment, i la sensació d'amplitud encara era més gran perquè no hi havia mobles. Va seure a terra i contemplà aquell espai buit que havia de ser el seu nou territori. Era agradable sentir el contacte de les fustes del terra, tèbies per la calor del sol. Amb els ulls tancats, Marta va desitjar intensament ser feliç en aquella nova etapa, tan plena d'incerteses, que s'obria ara al seu davant.

De seguida va haver d'interrompre la meditació perquè els operaris de la mudança començaren a pujar totes les coses que anaven a les habitacions del primer pis. A la seua posaren els mobles que ja tenia al pis de Pontebranca: el llit, amb la tauleta de nit i l'armari; després, la taula de treballar, les dues cadires i els mòduls de la llibreria, i, finalment, la taula amb l'ordinador que havia sigut de sa mare i que aquesta li havia regalat quan se'n va comprar un de més potent. Els mobles, en aquell espai tan gran, semblaven molt més menuts que abans, com si s'hagueren encongit durant el trasllat a la casa nova.

A més, els homes van deixar dins l'habitació sis caixes que portaven escrit el seu nom, MARTA, amb grans lletres roges. Les mateixes caixes que, només dos dies abans, ompliren entre Clara i ella, una vesprada amarga que Marta preferia no recordar. Dins les caixes hi havia la seua roba, els seus llibres i els joguets vells de quan era menuda, a més d'altres objectes que guardava al dormitori de la casa de Pontebranca, el lloc on havien viscut des que ella en tenia memòria.

Va passar les últimes hores de la vesprada posant les coses al seu lloc nou, amb escapades freqüents a les altres habitacions de la casa. Pertot arreu hi regnava el mateix desordre: caixes obertes, roba per damunt de les taules i les cadires, munts de llibres, objectes escampats pels llocs més impensables... Però, a poc a poc, tot va anar trobant el seu lloc; a l'hora de sopar, cada cosa era ja al seu lloc i a penes quedaven alguns llibres i algunes carpetes per terra.

Per celebrar-ho, van eixir a sopar fora; a la nevera encara no hi havia res i, a més, tenien ganes de conéixer el lloc on havien de viure. Van anar amb cotxe i, al cap d'un quart, arribaren al centre de la ciutat. Soparen en un restaurant menut i acollidor, situat en una plaça on creixen uns castanyers d'Índia enormes. Per a Marta, menjar fora sempre era una festa; li feia il·lusió poder triar entre tants plats com hi havia en una carta, imaginar què hi havia al darrere d'aquella corrua de noms, sobretot atractiva en arribar a les postres.

Mentre sopaven, no parà de parlar, com els seus pares. Els tres semblaven contagiats per l'emoció del canvi. César no parava de fer bromes sobre la casa, de repetir i ampliar les anècdotes que els havia contat feia uns dies, quan formalitzaren el trasllat. La mare reia i Marta també, encara que, per dins, no acabava d'entendre per què, amb tantes cases com hi havia a la ciutat per a escollir, els seus pares havien triat aquella, de la qual els havien contat tantes històries estranyes i inquietants.

Quan va acabar de col·locar els llibres als prestatges, Marta va mirar el rellotge que tenia damunt la tauleta de nit. Ja eren més de les onze i mitja, era hora d'anar pensant a dormir. Sabia molt bé que ja s'hauria d'haver gitat, li sobraven raons per a estar cansada, després d'un dia tan agitat. Però no tenia gens de son i encara sentia per dins l'excitació que l'acompanyava des de bon matí. A més, la conversa del sopar semblava que no volia anar-se'n del seu cap. «El pare tot ho converteix en una broma», va pensar. «Però, a mi, no em fa gens de gràcia. Espere que siga veritat que no hi ha cap motiu per a espantar-se.»

Marta va decidir no fer cas de l'hora, el llit podia esperar una miqueta més. Encara escoltava les veus dels seus pares, que devien estar acabant de col·locar algunes coses. Va pensar d'anar a ajudar-los, però sabia que tornarien a enviar-la a l'habitació perquè havia de dormir.

Seria millor escriure a Milena. Les promeses es fan per complir-les i Marta, en dir-li adéu, li havia dit que li escriuria així que arribara. I, ben mirat, encara no era mitjanit, arribava just a temps d'acomplir la promesa.

Va agafar la carpeta on guardava els folis de paper de carta. En va triar uns d'un joc que li havien regalat pel seu aniversari, de color blau clar, on s'endevinava un fons d'arbres i muntanyes nevades. Va encendre la làmpada de damunt la taula, va agafar el bolígraf i s'hi va posar a escriure.

Benvolguda Milena,

Saps que aviat tocaran les dotze de la nit? L'hora de les bruixes! Segur que tu ja fa més d'una hora que dorms! Però jo et vaig prometre que t'escriuria així que arribara i ací em tens, disposada a contar-te totes les coses que m'han passat en aquests dos dies.

Ja som a la casa nova. Anit dormírem en un hotel, mentre esperàvem que avui vinguera el camió de les mudances. Hauries d'haver vist com estava tot quan arribàrem, ni tan sols podíem caminar entre les caixes! No saps la faena que hem tingut per posar cada cosa al seu lloc!

La casa és gran i molt bonica, segur que t'agradarà. Els meus pares diuen que va ser una sort trobar-ne una tan ben situada i tan barata. És als afores, just al costat d'un parc molt gran. Des del meu dormitori només hi veig arbres, és com si visquérem enmig del camp i no en una ciutat.

Ma mare és qui més contenta està perquè ací podrà instal·lar el telescopi. Si haguérem llogat un pis, encara que tinguera terrat, ella diu que no podria veure bé les estrelles, perquè a la ciutat hi ha massa llums. Però ací, als afores i amb el parc tan a prop de nosaltres, la foscor que hi ha ara és encara més intensa que la de les nits de Pontebranca.

Et parle de la foscor i, sense voler, em tornen al cap totes les històries que m'ha contat mon pare. Ja ho saps: la mania que la casa està embruixada. Diuen que algunes famílies que van viure ací hagueren de suportar successos poc corrents: sentien sorolls estranys, els mobles es movien, els llums s'apagaven sols...

El pare se'n riu, d'aquestes històries, ell no creu res de tot això que li han contat. Assegura que els fantasmes començaren a desaparéixer quan es va inventar la llum elèctrica i que els fenòmens estranys només són temors que porta dins la gent. Supose que deu ser com ell diu, però la veritat és que ara mateix, a les dotze de la nit i amb tot el parc a fosques, em fa la impressió que jo també tinc una miqueta de por.

Serà millor que et parle d'unes altres coses! Passarem ací la resta de l'estiu, no sé què hi faré tant de temps sola. Ma mare diu que he de trobar amigues noves ací, que em resultarà fàcil quan comencen les classes i conega altres xiques. Supose que té raó i que acabaré trobant-ne. Però fer amigues noves no vol dir que haja d'abandonar les que ja tinc. Sé molt bé que us trobaré a faltar a totes les de la quadrilla, però sobretot a tu, que per això ets la meua millor amiga.

Està a punt de tocar la una i tinc son. I ja no sé què més contar-te, de manera que ja acabe. Em sembla que és la carta més llarga que he escrit en la vida!

Molts, molts besos, de la teua amiga.

Marta

Marta va triar un sobre que feia joc amb el paper, sabia que a Milena li agradaria rebre una carta tan bonica. Va doblegar els folis i els va posar dins del sobre; després va passar la llengua per les vores impregnades de goma i el va tancar. Finalment, va escriure el nom i l'adreça de la seua amiga i va posar en el remitent la seua adreça nova: Avinguda del Parc, 17. Una adreça que no era la de Pontebranca, que estava acostumada a escriure; però ara s'havia d'acostumar a la nova, i esperar que, amb el pas del temps, li resultara familiar.

Va decidir posar-se al llit, encara que la son continuava sense vindre-li. Abans de gitar-se, va obrir les dues portes del balcó i va guaitar a l'exterior. Era una serena nit d'estiu, sense gens de vent, i tota l'extensió del parc resplendia sota la claror de la lluna. Més enllà, a la llunyania, brillaven els llums de la ciutat. Va mirar el cel, acollidor i ple d'estrelles. En contemplar aquells puntets brillants, va desitjar que sa mare instal·lara de seguida el telescopi al terradet de la part de darrere. Sabia que allò contribuiria a fer que la vida a la casa nova s'assemblara més a la que feien a Pontebranca.

Al cap d'una estona, Marta tancà les portes del balcó i es va gitar. Va agafar *El Hobbit*, la novel·la que havia començat la nit anterior a l'hotel, i va llegir fins que començà a notar que se li tancaven els ulls i ja no sabia què llegia. Aleshores va apagar el llum i es disposà a dormir. Encara no hi havia cortines i havia oblidat abaixar la persiana. La llum de la lluna entrava pels vidres i les ombres dels arbres arribaven al fons del dormitori, com si foren estranys braços trencats.

No va poder evitar que, una vegada més, li vingueren al cap totes les històries que havia escoltat sobre la casa. Per què no dormia, si tenia tanta son? Per què, de nits, tot li semblava més terrible? «Ja hauria de ser de dia!», va pensar, mentre tractava de llevar-se del cap aquella sensació de desassossec.

Quan ja començava a endormiscar-se, un soroll sec la va despertar. Al mateix temps, va notar un corrent d'aire fred que li arribava a la cara i que li va fer obrir els ulls. Les dues portes del balcó acabaven de tancar-se amb un gran estrèpit. «El vent», va pensar Marta, quan va comprendre què passava. «Deu ser que, abans, he deixat el balcó mal tancat i el vent l'ha obert.»

Però la por tornava a rondar-li el cap. Va tractar de tranquil·litzar-se, de calmar el cor, que li bategava veloç, dins del pit. Una forta inquietud la va envair, unida a la sensació que era sola en aquella habitació, en aquella casa, en aquella ciutat desconeguda. Va notar que li naixien unes intenses ganes de plorar, però s'hi va refer de seguida; no s'havia de deixar dominar per uns temors ridículs, estava clar que només el vent podia haver fet aquell soroll.

Va encendre el llum i es va alçar del llit. Amb pas ferm, va anar al balcó i va guaitar. No s'hi movia ni una sola fulla dels arbres, no corria ni un bri de vent. «És estrany! Devia ser una ràfega sobtada, de les que provoca la calor. Què havia de ser, si no?»

Tornà a tancar les dues portes del balcó i es va assegurar que, ara, estaven ben tancades amb el pestell. Al llit, hi va restar immòbil una estona, amb els ulls oberts i les orelles alerta. Els seus pares ja es devien haver gitat i la casa era en silenci. En silenci? Com més atenció hi parava, més sorolls estranys sentia Marta. Tractava d'identificar l'origen de cada so i deia que era normal que els escoltara; al cap i a la fi, aquell era un edifici antic i, com afirmava son pare, les cases velles solen fer sorolls.

Tot d'una, es va quedar paralitzada per la por. Acabava de sentir un so diferent, un soroll somort, com si arrossegaren un moble pel terra. Un soroll llunyà, però que no venia de fora. Alguna cosa es movia dins la seua habitació! El cor li bategava amb més força encara, li feia la impressió que els batecs del cor es devien sentir a tots els racons de la casa. Mentrestant, el soroll continuava, encara que Marta no hauria sabut dir de quina part de l'habitació procedia.

Novament, les dues portes del balcó es tornaren a obrir i colpejaren molt fort la paret. Marta va notar el vent a la cara, una ràfega freda com la d'una vesprada de tardor. No hauria sabut explicar per què, però li va semblar que no era només el vent això que entrava pel balcó, que hi havia alguna cosa... o algú més, que l'acompanyava en aquella habitació.

Marta estava paralitzada. No sabia què fer. Volia cridar, però no gosava fer-ho. Ni tan sols gosava respirar. «No és així com diuen que es queden els ocells quan veuen un falcó?», va pensar, morta de por. Aleshores, fent un moviment sobtat, va aixecar la manta amb les dues mans i va amagar el cap davall dels llençols. S'hi va quedar així, quieta, com un animal acorralat que s'amaga al cau mentre l'enemic l'espera fora. Va estar atenta a qualsevol so durant un temps que se li va fer interminable, sense gosar, ni tan sols, a traure una mà fora del refugi del llit. I així, amb el balcó obert, es va adormir, completament embolicada amb la roba del llit, que va ser com la va trobar sa mare l'endemà, quan va entrar al dormitori per despertar-la.

2
Una casa amb problemes

La llum del sol, que omplia l'habitació, va fer que de seguida fugiren del cap de Marta els temors de la primera nit que havia passat a la casa nova. Asseguda al llit, va mirar tots els objectes que hi havia al dormitori i que ara li resultaven familiars i estranys al mateix temps. Eren reals els fets de la nit anterior o només havien sigut un producte de la son i el cansament, després d'un dia tan intens?

Quan va acabar de vestir-se i baixà a desdejunar, li va cridar l'atenció veure son pare a taula, conversant animosament amb sa mare. Estava acostumada a desdejunar sola amb sa mare, perquè César se n'anava molt matí a treballar. Però ara tenia dues setmanes de vacances, que havia reservat per al trasllat, i durant aquells dies, estarien els tres sempre junts.

Clara i César parlaven amb la veu més alta que normalment, com si discutiren, encara que es notava que només era un enfrontament amable, perquè no hi havia mala intenció en les seues paraules.

–Bon dia –va dir Marta.

–Bon dia –van respondre els dos alhora. Però en compte de fer-li cas i de parlar amb ella, no li posaren més atenció que li haurien posat a qualsevol moble i continuaren amb el seu debat. Marta va endevinar de seguida que la casa era el tema central de la conversa.

–Però, mira, Clara... Tu no volies una casa gran, amb molt d'espai? Vas insistir molt que fóra gran, era una de les condicions que posares quan parlàrem de vindre a viure a la ciutat.

–La volia gran, però ja et vaig dir per què. Necessite una habitació per a treballar i per als llibres, ho saps massa bé. I una altra per a poder revelar les fotos. Nosaltres no podem viure com una família normal.

–Ho veus? En el fons, em dónes la raó... I no volies també una casa als afores de la ciutat i que, a més, tinguera terrat?

–Efectivament, si no, no podria muntar el meu telescopi. I ja t'ho he dit, en aquest aspecte, la casa m'agrada molt, és quasi perfecta.

–Tu ho has dit! I no hi ha rosa sense espines! Que la casa és vella i hi ha molts sorolls? Tampoc no és una cosa tan greu, ja ho repassaré tot mentre estiga de vacances.

–Però com t'atreveixes a deixar l'assumpte amb uns pocs sorolls i prou? Uns pocs sorolls! Ací passa alguna cosa rara, César, t'ho dic jo. Tot allò d'anit no va ser normal.

«Tot allò d'anit!». En escoltar les paraules de sa mare, Marta es va interessar encara més per la conversa. Quasi ja havia oblidat els seus temors, però li tornaren al cap de seguida. Què volien dir les paraules de Clara?

–Sí, ara em diràs que tu també et creus la broma de la casa embruixada –va respondre César, una miqueta irònic–. Però, Clara, que acabem d'entrar al segle XXI!

–Bé, però ja m'explicaràs tot allò que va passar anit, que a penes he pogut dormir –ara, la mare cridava més que habitualment–. Els sorolls, la porta... I l'armari! Ja m'explicaràs això de l'armari! Perquè et dic que es va moure, t'ho assegure, perquè ahir de vesprada vaig estar guardant la roba i l'armari estava arrimat a la paret. I avui, tu mateix ho has vist, se n'ha separat més de dos pams...

–Però Clara, tu saps que vaig investigar molt abans de llogar la casa. Ací no ha passat res que no es puga explicar: ni fantasmes, ni bruixes, ni res de sobrenatural. No hi ha ni rastre d'aquestes fantasies que tant agraden a la gent; la veritat és que ja no sé com dir-ho –César parlava amb un to enèrgic, tractant de contrarestar la mirada escèptica de la seua dona–. L'únic problema és que la casa va ser edificada sobre un subsòl de roques que tenen una composició molt alta de magnetita. I això fa que s'hi creen uns corrents magnètics que, de vegades, poden afectar-la. A més...

–Eh, que jo també sóc ací! –el va interrompre Marta, decidida a intervenir en la conversa–. Jo també vaig sentir sorolls anit. I el balcó es va obrir dues vegades. I no era el vent, d'això n'estic segura. Vaig passar molta por, sabeu?

Clara i César la van atendre immediatament, com si fins aquell moment no s'hagueren adonat que la xiqueta era amb ells, desdejunant al seu costat. Sa mare li va demanar que els contara què havia sentit i què havia vist, amb tots els pèls i senyals, sense deixar-se cap detall. Els dos van escoltar amb molta atenció el relat de les experiències nocturnes de Marta. Quan va acabar de contar-los-les, son pare va dir:

–Històries, tot això són històries. Comprenc molt bé que si les sents així, la primera impressió és que són coses estranyes, inexplicables. Però vosaltres no sabeu els fenòmens que pot causar el magnetisme, sobretot si les coses no estan ben ajustades! Deixeu-me aquest cap de setmana per a arreglar algunes coses i us promet que tota la casa quedarà a prova de bruixes i apareguts. I ara, vinga, acabeu de desdejunar de seguida, que hem d'anar al centre comercial.

Passaren tot el matí al centre comercial, de secció en secció, arrossegant dos carros de compra que, segons que avançava el temps, anaven omplint més i més. Dinaren a l'autoservei que hi havia al centre i tornaren cap a casa amb el cotxe ple de bosses carregades amb tot allò que necessitaven per començar una vida en un lloc diferent.

Aquella vesprada, Marta va ajudar Clara a instal·lar els aparells de l'habitació on revelaria les fotos. Després, les dues es van dedicar a endreçar el jardinet que la casa tenia a la part de davant, un terreny envaït per les ortigues i les males herbes, on tenien la intenció de plantar gespa i algun bulb, en començar la tardor.

Mentrestant, el pare no va deixar porta, finestra ni aixeta sense reparar. Va canviar taules, va canviar panys, va ajustar frontisses, va ajustar caragols. Va ser una faenada que li va costar tota la vesprada i el va deixar molt cansat. A boqueta nit, mentre sopaven algun dels plats precuinats que havien comprat aquell matí, César va dir:

–Bé, aquesta nit hem de comprovar si hi ha o no fantasmes. Ja veureu com només es tractava del conegut fantasma de la fusta vella i les frontisses desajustades. Ni una processó sencera d'ànimes en pena que passara per ací aconseguiria moure ni una sola taula de la casa.

Va arribar l'hora de gitar-se, que Marta va retardar tant com va poder. No ho volia reconéixer, però no li feia gens de gràcia quedar-se sola, encara que sabia que els seus pares dormien a pocs metres d'ella. Poc abans de les dotze se'n va anar al dormitori, amb una por inconcreta ballant-li a l'interior. Va demanar a sa mare que deixara encés el llum del passadís i ella, contra el seu costum, va deixar oberta la porta del dormitori. Si hi havia alguna cosa rara a la casa, la llum faria que tot fóra menys terrible.

Va llegir fins que notà que se li tancaven els ulls. Després, va apagar el llum i va estar atenta, en tensió, esperant escoltar qualsevol soroll o moviment estrany. Però no hi va sentir res, només els cruixits que es poden sentir en una casa tan antiga com aquella on vivien ara.

I tampoc no va passar res els dies següents. Els sorolls nocturns acabaren resultant-li familiars i igual els devia passar als seus pares, perquè ara només parlaven de tant en tant de l'assumpte i sempre acabaven rient de les històries de la que, també ells, amb ganes de broma, en deien «la nostra casa embruixada».

Per a Marta, era un plaer explorar tots els racons d'aquella casa enorme, des del soterrani fins a les golfes. Només feia que anar i venir com si, d'una manera inconscient, tractara de marcar els límits del seu nou territori.

César ja havia començat a treballar, se li havien acabat les breus vacances. Mentrestant, Marta i sa mare aprofitaven les últimes setmanes, abans de començar les classes. Al terradet que hi havia a la part posterior de la casa, Clara havia posat el seu observatori, com li agradava dir. Qui imaginara complexes instal·lacions científiques, s'hauria emportat una sorpresa en veure com de senzill era l'aparell de Clara. Es tractava d'un telescopi de vuitcents augments, col·locat sobre un trípode gran. Una cadira i una tauleta metàl·lica, amb calaixos a un costat, completaven el mobiliari d'aquell observatori improvisat.

La passió de Clara, des que en tenia memòria, havia sigut l'observació de l'espai i la curiositat per l'astronomia. Li contava a Marta que, quan era menuda, li agradava gitar-se sobre l'herba, panxa enlaire, a l'hort de la casa de Cambre, sobretot les nits d'estiu, quan el cel era particularment nítid i tot era silenci, alterat només pel cant familiar dels grills. Allà, contemplant les estrelles que brillaven amb força en aquell cel intensament negre, sentia que el firmament era com una manta acollidora que embolcallava el món, que l'embolcallava, també, a ella i que, d'alguna manera, la unia a aquella immensitat. Va ser durant aquelles nits d'estiu, mentre observava el pas de les estrelles fugaces i imaginava viatges impossibles, que va créixer dins seu, irrefrenable, aquella passió pel cel. Una passió que continuava ara i que, ho sabia del cert, moriria amb ella.

Clara passava moltes hores a l'observatori, mirant els cossos celestes. Una nit, quan Marta ja dormia feia una bona estona, sa mare s'acostà al llit i la va despertar.

–Vine, és un espectacle meravellós. No faces soroll, no despertem el pare.

La xiqueta es va aixecar i la va acompanyar al terrat. El cel era excepcionalment nítid i s'hi veia, fins i tot sense telescopi, una quantitat immensa d'estrelles.

–Mira –li va dir Clara, després d'haver orientat l'aparell–. Ara tinc enfocada la constel·lació d'Orió, allà a la dreta. Veritat que és preciosa?

Marta va mirar pel visor del telescopi. Va tractar de veure aquella constel·lació que deia sa mare, però només va poder veure una gran quantitat d'estrelles, escampades sobre el fons negre del cel.

–Hi veig estrelles, però no sé quines són les d'Orió, com tu dius...

Clara, aleshores, va encendre la llanterna i va dibuixar en un foli la forma que tenia la constel·lació, unint les estrelles amb unes línies fines. Va ensenyar el dibuix a Marta i li va dir:

–Torna a mirar ara.

–Ja la veig! Ara sí! –va exclamar Marta. Ara hi veia aquella figura que sa mare li havia assenyalat; en realitat, era fàcil de reconéixer, només calia saber què hi havia de buscar.

–I t'has fixat en les estrelles menudes que hi ha enmig, on la constel·lació es fa més estreta? Les veus? D'això se'n diu el cinturó d'Orió –va continuar Clara–. Més amunt hi trobaràs una estrella que brilla molt, és la que més brilla de totes. És Sírius; els grecs ja s'orientaven gràcies a aquesta estrella, fa més de dos mil anys.

Marta hi veia ara clarament tot allò que li indicava sa mare. Era bonic saber que les estrelles que observava ja havien impressionat la gent de l'antiguitat. Perquè Clara, mentre la guiava, anava explicant-li l'origen dels cossos celestes i com els grecs, i abans els perses, eren els qui havien examinat el cel i havien posat nom a les principals constel·lacions.

A pesar de tot, a Marta la sorprenien, sobretot, les dades que li donava sa mare sobre la distància a què estaven les estrelles. La idea que ella només hi veia la llum que havia estat viatjant durant tants i tants anys per la negror de l'espai, potser des d'estrelles que, ara, ja no existien, li resultava quasi màgica. En moments com aquell, Marta comprenia molt bé la passió de Clara pel cel.

Sa mare va continuar localitzant estrelles i constellacions durant molt de temps. La xiqueta ja no tenia son i s'hi trobava molt a gust al terrat. Era com si les dues estigueren aïllades del món, perdudes en aquell univers immens i acollidor, del qual elles també en formaven part.

Mentre miraven les estrelles, no paraven de parlar d'un futur que ja era cada vegada més pròxim. El nou curs començaria de seguida i Marta tenia algunes preocupacions que no se li n'anaven del cap. Li resultaria fàcil fer nous amics? O li farien el buit i ho passaria malament a classe? Encara que Clara tractava de tranquil·litzar-la, la xiqueta se sentia incapaç de llevar-se del cap aquells temors, que cada dia semblaven créixer més i més.

Cap a les quatre, decidiren anar a gitar-se, perquè tampoc no volien passar tot el matí de l'endemà dormint. Sa mare va acompanyar Marta a la seua habitació i la va ajudar a posar-se al llit una altra vegada. Quan ja se n'anava, Clara va dir:

–I a veure si demà, en despertar-te, reculls els llibres, que no m'agrada gens que els tingues desordenats. Saps molt bé que em fa ràbia veure les coses fora del seu lloc.

Marta va mirar la seua llibreria. Les prestatgeries estaven quasi buides i els llibres estaven escampats pel terra, arreglats en munts desiguals.

Però ella no ho havia fet. Estava ben certa que, en gitar-se, els llibres eren al seu lloc, a la prestatgeria. Com era possible que, ara, estigueren escampats pel terra? A quina força magnètica recorreria son pare per a explicar allò?

La xiqueta no va dir res, encara que va notar un cert desassossec; el mateix desassossec que ja havia notat els primers dies tornava a instal·lar-se al seu ànim. Però estava massa cansada i, ara, només volia dormir. Va tancar els ulls i es va deixar véncer per la son; aquell fet estrany podia esperar a l'endemà.

3
Missatges al dormitori

–No tornarem gaire tard, abans de les deu segur que ja som ací –va dir Clara, mentre besava dues vegades Marta–. Si ixes de casa, tanca bé la porta, I no toques res perillós, no tinc ganes de disgustos. T'he deixat el berenar damunt la taula de la cuina. Bé, fins a la nit!

Clara va baixar de pressa per les escales del porxo i va entrar al cotxe, on feia temps que César l'esperava, amb el motor en marxa. Després, els dos li feren un gest de comiat amb la mà i el cotxe va arrancar. Marta s'hi va quedar dreta a la porta de la casa, amb la mà aixecada, fins que va perdre de vista el vehicle.

Encara no eren ni les quatre de la vesprada i tenia unes quantes hores per davant, abans que tornaren els seus pares. Era la primera vegada que s'hi quedava sola des que havien canviat de casa i encara que també se sentia excitada perquè tenia tota la casa per a ella sola, la veritat és que tampoc li feia gens de gràcia que els seus pares se n'anaren de la ciutat. Però César havia de fer sense falta aquell viatge a Compostel·la i a Clara li abellia molt acompanyarlo. Marta va renunciar de seguida a anar amb ells, perquè no li feia gens de gràcia haver de passar tantes hores dins del cotxe.

«Tens moltíssimes coses a fer», li havia dit Clara, per convéncer-la que també podia passar-ho bé si s'hi quedava sola. Fins i tot li havia fet una llista de les coses que podia fer per a ocupar el temps. A Marta, començava a irritar-la aquella mania de sa mare, obsessionada a omplir-li les hores per evitar que s'hi avorrira. És que Clara no s'adonava que ella també tenia dret a decidir pel seu compte?

Encara que li molestava que allò figurara en la llista de sa mare, Marta va decidir fer un passeig amb bicicleta. La idea de recórrer els camins del parc li resultava molt atractiva; a més, aquella vesprada hi feia un temps magnífic, sense la calor sufocant dels últims dies. De manera que va entrar a la casa, va agafar la bicicleta del garatge i, així que en va eixir, va començar el passeig.

De seguida va veure dos xiquets que seien en un dels bancs pròxims a la casa, a l'ombra d'un roure enorme. Quan va passar per davant, va notar que els dos la miraven amb una atenció que li va semblar excessiva. Però no els va fer gens de cas.

Després d'haver fet unes quantes voltes per aquell laberint de camins, tornà a passar per davant del banc. Els xiquets continuaven allà, mirant-la sense dissimular. Quan ja els havia deixat arrere, una miqueta molesta per l'atenció amb què la miraven, va sentir una veu que la cridava. Marta es va aturar i va mirar els xiquets, que l'observaven amb un somriure burleta.

–Què passa, xiquets? Que tinc alguna cosa estranya?

–Tu vius allà, en aquella casa? –li preguntà un dels xiquets, sense fer gens de cas de les paraules de Marta.

–Sí, hi visc. Per què ho preguntes?

–Per no res... És que volíem saber si ja has fet amistat amb els fantasmes. És veritat que sou els seus nous servidors?

–Però quins fantasmes ni quines històries! No deu ser que sou uns faves? –els va respondre Marta, molt enfadada–. Ací, els únics fantasmes que hi ha sou vosaltres! No teniu espills a casa per veure la cara de fava que feu?

–La fantasma seràs tu, que vius en una casa embruixada! –va respondre el que havia estat callat fins aquell moment–. Però no ens fas por, encara que sigues una servidora dels esperits!

Marta va creure que allò ja era massa i va fer el gest de baixar de la bicicleta. Però els xiquets li endevinaren la intenció i van fugir a tota velocitat. Mentre fugien, però, encara anaven cridant:

–Fantasma! Fantasma!

La xiqueta es va quedar molt enfadada, en veure com fugien els dos xiquets. Després d'aquell encontre se li'n van anar les ganes de passejar. Va entrar a la casa, molesta per la conversa que acabava de tindre. La casa embruixada! Mentre guardava la bicicleta, la va envair un desassossec inesperat i els fets de la primera nit a la casa nova li tornaren a la memòria. Encara que, des d'aleshores, no havia tornat a passar res, llevat del misteri dels llibres, per al qual no havia sigut capaç de trobar una explicació.

Després de passar una bona estona davant la tele, passant d'un programa a l'altre, va decidir pujar a la seua habitació, amb la intenció de decorar la carpeta que s'havia comprat feia uns dies. En passar per la cuina, va agafar el berenar que li havia deixat preparat sa mare. Quan va entrar a l'habitació, va tancar les portes del balcó perquè ja era mitjan vesprada i el vent bufava més fresc. Va seure damunt d'uns coixins que tenia en un racó del dormitori, va agafar unes quantes revistes velles i es va posar a repassar-les, buscant fotos que li serviren per retallar-les.

Un soroll fort i sec li va fer aixecar el cap, alhora que el cor va començar a bategar-li amb violència. La porta de l'habitació acabava d'obrir-se i de tancar-se amb estrèpit. Ella sola, sense cap corrent d'aire!

No tingué temps de buscar una explicació racional perquè, quasi immediatament, les dues portes del balcó es van obrir amb força i van batre violentament contra la paret, mentre el vent movia les cortines i feia volar els papers que hi havia damunt la taula. Marta, sense moure ni un sol múscul, assistia amb cara de sorpresa a aquell estrany fenomen. Però l'estupor de la xiqueta va arribar al punt culminant quan l'armari va començar a moure's com si unes forces estranyes l'empentaren per un costat i per l'altre.

Damunt l'armari hi havia les caixes de jocs que Marta hi havia deixat feia uns dies. Amb les oscil·lacions del moble, cada vegada més intenses, les caixes començaren a acostar-se perillosament a la vora i estaven a punt de caure. La primera caixa que va caure va ser la del Trivial, que va aterrar pesadament als seus peus, amb so somort. Però els vaivens de l'armari no pararen, pareixia que aquelles forces volien fer caure totes les caixes.

Aleshores va caure un segon joc. Era la caixa de l'Scrabble, el joc de paraules encreuades que li van regalar quan va fer nou anys. Aquesta vegada hi hagué menys sort perquè en caure a terra, va saltar la tapa de la caixa i totes les fitxes quedaren escampades pel terra. En aquell mateix instant, les vibracions que movien l'armari s'acabaren, tan de sobte com havien començat. Tot tornà a quedar en silenci, com abans.

Durant uns segons que li semblaren interminables, Marta s'hi va quedar immòbil, a l'expectativa, tractant d'endevinar quin moble o quin objecte començaria a moure's pel seu compte. Però tot hi romania quiet, semblava que definitivament.

La xiqueta va mirar a terra, on hi havia escampades les fitxes amb les lletres de l'Scrabble. Va pensar en la faena que tindria per recollir-les, no podia deixar que sa mare descobrira com estava l'habitació en tornar. D'una manera mecànica, va allargar els braços per agafar les fitxes que tenia més a prop. Però es va quedar muda en comprovar que, sense que ningú no les tocara, les peces havien començat a moure's soles. Es movien pel terra de fusta com si ballaren una estranya dansa.

Marta assistia fascinada a l'espectacle, sense poder apartar la mirada d'aquells moviments. Pareixia que una mà invisible guiara les fitxes, que es reunien o s'apartaven obeint una força inexplicable.

Paralitzada com si estiguera encantada, va observar com algunes de les peces anaven posant-se en fila, davant seu, fins que s'hi van quedar immòbils. En mirar les lletres que hi havia en aquelles fitxes, va

poder llegir, entre la por i la sorpresa, unes frases que la van deixar completament desconcertada:

H O L A   M A R T A

N O   F U G E S

P E R   F A V O R

Marta va notar que una onada de por la recorria de cap a peus. Ella no volia creure en fantasmes, ni en fenòmens sobrenaturals ni en res per l'estil. Com deia son pare, tot això eren coses de quan no hi havia llum elèctrica però no d'ara, de l'era dels ordinadors i d'Internet. Però no estava somiant i per a allò que tenia davant no valien les explicacions de son pare.

Estava hipnotitzada, contemplant aquella corrua de fitxes que configuraven un missatge clarament dirigit a ella. Va sentir por i unes intenses ganes de fugir, però alguna força li va fer recollir del terra un grapat de fitxes. Amb les fitxes a la mà, va triar les lletres que necessitava per a escriure una frase i les va posar, ordenades, davall de les que s'havien ordenat a terra; va lamentar que a l'Scrabble no hi haguera accents ni signes d'interrogació però va creure que, si algú llegia allò, podria entendre perfectament el seu missatge:

TINC POR
QUÈ PASSA

Una altra vegada es van moure les fitxes escampades pel terra, fins i tot alguna que havia anat a parar als racons més apartats de l'habitació. Hi tornà a haver un ball frenètic de fitxes sobre la fusta, i als ulls de Marta van anar configurant una altra frase:

VULL PARLAR
AMB TU

Aquesta vegada, Marta va necessitar poques fitxes per a respondre:

QUI ETS
ON ETS

Les fitxes tornaren a moure's pel terra. La frase que es va formar davall de la que ella acabava d'escriure només tenia una paraula:

ORDINADOR

Davant d'aquella única paraula, Marta va dubtar i hi va romandre quieta uns minuts. No sabia què respondre, ni tan sols estava segura que allò fóra un missatge. Finalment, va agafar una fitxa en blanc i la va posar a terra, aixecant els muscles:

Esperava una resposta, però ara no hi va aparéixer cap frase nova. En canvi, les fitxes que formaven la paraula ORDINADOR es van moure pel terra, com si foren els vagons d'un tren en miniatura i van anar a parar al peu de la taula on la xiqueta tenia instal·lat l'aparell que havia sigut de sa mare.

Marta, sense saber si estava fent el que havia de fer, es va incorporar i, amb uns moviments quasi mecànics, s'acostà també a la taula i va posar en marxa l'ordinador.

4
Conversant amb un estrany

Vencent la por que la paralitzava, Marta va seure en la cadira i va posar les mans sobre el teclat. Quasi com en un acte reflex, va carregar el processador de textos. Al cap de pocs segons, el centelleig del cursor li va indicar que ja podia començar a escriure.

La xiqueta va dubtar un instant, sense saber què havia de fer a continuació. Per fi, va teclejar les mateixes preguntes que havia escrit amb les fitxes de l'Scrabble:

Qui ets? On ets?

Va retirar les mans del teclat i va esperar, sense saber bé què, uns instants que li semblaren interminables. Després, com si una mà invisible les manipulara, va veure com es movien soles les tecles i com, a poc a poc, apareixia a la pantalla una resposta a les seues preguntes.

Sóc ací, a la teua habitació.
No em resulta fàcil explicar qui sóc.

Marta va llegir una vegada i una altra aquelles paraules. Devia estar somiant, això que li passava no podia ser real. Tot allò obeïa a una lògica absurda, com la que governa els nostres somnis. Allà era ella, sola a l'habitació, sola a la casa, tot i que, en la pràctica, acceptava que hi havia algú més.

Hauria volgut véncer la força que la mantenia davant l'ordinador i li impedia arrancar a córrer escales avall, hauria volgut eixir de casa i perdre's entre la gent que, a aquella hora, devia estar passejant pel parc. Però Marta va continuar on era. D'alguna manera, alguna cosa li deia que ja era tard per a tornar arrere. Les preguntes se li arremolinaven al cap i notava que, davant d'aquell misteri, necessitava actuar amb la lògica que imposava aquella estranya situació.

Tracta d'explicar-me qui ets.
D'on véns? Per què no et veig?

Hi va haver un altre silenci, era com si el seu interlocutor no tinguera la pràctica necessària per a teclejar de pressa. Després, la contestació va començar a aparéixer a la pantalla:

No trobe les paraules per a explicar-te qui sóc. Un fantasma? Supose que els humans diríeu que sóc un fantasma. Però tot és més complicat. No em pots veure; és impossible, hauries de tindre uns altres ulls.

I no vinc d'enlloc, visc ací.

Què vol dir que vius ací? Des de quan?

Des de mil nou-cents quaranta-set. De vegades se m'oblida.

Les preguntes i les respostes anaven alternant-se a la pantalla, allò semblava el text d'un interrogatori. Marta estava cada vegada més roja, tractant de mantindre la concentració que li permetera escriure d'una forma ordenada totes les preguntes que li venien al cap.

Has sigut tu qui ha fet tots els moviments d'abans?

Sí, havia de cridar la teua atenció. Ja fa uns quants dies que ho intente, però no volia fer-te por.

Aleshores, també fores tu qui va fer tot allò el primer dia?

També, volia donar-vos la benvinguda. Però no va funcionar; només us vaig fer por. Durant tot aquest temps he estat esperant el moment propici per comunicar-me amb tu. Ho vaig intentar amb els llibres, però no va servir de res.

Per comunicar-te? I per què amb mi?

Amb qui, si no? Ton pare és un descregut, és impossible comunicar-me amb ell. Em fa riure amb tot això dels corrents magnètics! Ho vaig intentar amb ta mare, l'altra nit, al terrat. Però no va donar resultat, només vaig aconseguir posar-la nerviosa. Potser és que els teus pares ja són massa grans.

Després d'haver llegit allò, Marta va repetir la pregunta que el seu interlocutor, potser deliberadament, havia deixat de respondre:

Per què amb mi?

Amb tu és diferent, encara no has tancat la teua ment. A més, tenies l'Scrabble. Quan el vaig veure damunt l'armari vaig comprendre que podia servir per a comunicar-me amb tu utilitzant un llenguatge que pogueres comprendre bé.

Però també saps fer servir l'ordinador!

En sé poc, no cregues. He estat observant-te els últims dies. En el fons, és com escriure a màquina. I, d'això, ja en sabia jo molt abans.

I què vols de mi?

Conversar amb tu, ja t'ho he dit. Fa més de trenta-quatre anys que no parle amb ningú.

Però ací han viscut abans unes altres persones. Per què no et comunicares amb elles?

Hi va haver una altra gent, però en tot aquest temps no he trobat cap altra persona receptiva. Quan hi arribava una família nova, jo sempre em manifestava, però només aconseguia que tingueren por i abandonaren la casa. Amb l'última persona amb qui vaig poder parlar llargament va ser amb la senyora Laura, una dona que va ocupar aquesta casa durant molt de temps. Però va morir el mil nou-cents seixanta-sis. El dèsset d'abril, per ser exactes.

La senyora Laura? Parlaves amb ella? I com us ho arreglàveu?

Quasi com estem fent ara. Aleshores no hi havia ordinadors, de manera que ho fèiem amb una màquina d'escriure. Ella va ser qui em va ensenyar.

Marta va separar les mans del teclat i va retirar la cadira. Li feia la impressió que estava perdent el temps fent preguntes sense importància i que estava deixant passar l'oportunitat de conéixer les coses que realment podien ajudar-la a comprendre què passava, a entendre coses que el seu cervell es negava a acceptar, contra tota evidència. De manera que tornà a insistir en la pregunta anterior, volia saber amb qui mantenia aquella conversa tan especial.

Per què no tractes d'explicar-me qui ets?

És difícil. Ja t'he dit que els humans em diríeu que sóc un fantasma. Però he llegit molts llibres durant aquests anys i, últimament, també he vist algunes pel·lícules en aquest aparell al qual dieu televisor. Si els fantasmes són com apareixen en les novel·les o en les pel·lícules, no tinc res a veure amb ells. D'això, pots estar-ne ben segura.

Per què ho dius?

Ja veus que no porte llençols, ni arrossegue cadenes ni res de tot això. Travesse les parets, això sí, i puc moure coses. Però no sóc l'esperit d'un humà que va morir, ni em materialitze en forma d'esquelet ni res de tot això. I tampoc faig cap mal als humans, almenys voluntàriament, i això que, de vegades, em provoqueu una irritació bastant gran. Si d'això se'n pot dir un fantasma...

I per què estàs en aquesta casa?

Per què? He d'estar en aquesta casa, que és molt diferent. La meua condemna és estar en aquest edifici. És un problema molt seriós perquè m'avorreix moltíssim estar sol. M'ha alegrat molt que hi vinguéreu vosaltres.

Aleshores, has estat sempre ací?

Però quines coses preguntes! Com havia d'estar sempre en aquesta casa? Jo ja existia des d'abans que es fundara aquesta ciutat! Et moriries de por si et diguera els anys que han passat i les coses que he vist des que en tinc memòria. Però estic ací cinquanta-quatre anys, que no és poc. I estic condemnat a romandre-hi fins que la casa desaparega. És la meua maledicció.

La teua maledicció? Quina maledicció?

I a tu què t'importa? No m'agrada parlar d'això. A més, no ho entendries. És millor deixar aquest assumpte per a un altre dia. Ara et vull conéixer millor.

Que em vols conéixer? I per què a mi?

Amb els teus pares és impossible, ja t'ho he dit. Si em manifeste així, abandonaran la casa. I jo tornaré a estar sol.

No els puc dir res, aleshores?

Si els dius alguna cosa, saps tan bé com jo que no et faran cas. Si s'ho creuen, encara seria pitjor, perquè us n'hauríeu d'anar.

Marta es disposà a teclejar la següent pregunta. Però aquesta vegada, el seu interlocutor se li va avançar perquè el cursor tornà a moure's a la pantalla, sense que ella fera res.

Estan a punt d'arribar els teus pares. Hem d'acabar la conversa. Tornaré a comunicar-me amb tu. No tingues por quan veges alguna manifestació meua, actuaré amb tota la discreció del món. És millor que fem servir sempre l'ordinador. Excel·lent invent! En algunes coses, els humans heu millorat. En unes altres, en canvi, aneu cap arrere. I a tota velocitat.

En llegir aquelles paraules, Marta s'afanyà a teclejar:

Espera una miqueta! Tornaràs demà?

Demà no puc, he de fer unes altres coses.

Unes altres coses? Què vols dir? A què et dediques?

No ho entendries. Els teus pares estan entrant per la porta. Adéu.

Es va sentir el so de la clau que rodava al pany. Quasi de seguida, Marta va escoltar la veu de sa mare, que la cridava des de baix. De pressa, la xiqueta va arxivar la conversa que acabava de mantindre i va apagar l'ordinador. Després va eixir al passadís. Sa mare ja pujava per l'escala, portava un paquet gran a la mà, embolicat amb paper de regal.

–Què et passa, Marta? La cara et crema! Mira't a l'espill... T'ha passat alguna cosa?

–I què m'havia de passar? És que tinc l'habitació una miqueta desordenada i no vull que hi entres i t'enfades –assenyalà el paquet, per a tractar de desviar la conversa–. Què m'heu portat?

–Endevina-ho. Per què no l'obris?

Marta va obrir el paquet. Dins hi havia una motxilla molt bonica, la mateixa que havien vist feia una setmana i que li havia agradat molt. Va abraçar sa mare i la va besar.

–M'alegre que t'agrade –li va dir Clara–. Però ara arregla't una miqueta i baixa que hem de fer el sopar per als tres.

Abans d'anar-se'n, la mare va mirar de reüll l'habitació de la filla.

–Com ho has deixat tot! Després de sopar, arregles una miqueta l'habitació, abans de gitar-te... Tu creus que està bé tindre totes les fitxes de l'Scrabble escampades per terra?

Amb l'excusa que havia d'arreglar l'habitació, Marta va sopar de pressa i va parlar ben poc amb els pares. Clara i César també estaven cansats, amb ganes de gitar-se. La xiqueta es va alçar de seguida de taula i va pujar els graons de dos en dos. Ja al seu dormitori, en tancà la porta i va posar en marxa l'ordinador. Volia repassar la conversa que havia tingut amb aquell estrany interlocutor. Va buscar amb al ratolí el nom del fitxer on havia arxivat la conversa. El va trobar: FANTASMA.01. Va recuperar el fitxer i es va disposar a rellegir des del principi l'insòlit diàleg.

L'esperava una sorpresa. A la pantalla apareixien una altra vegada totes les preguntes i els comentaris que ella havia escrit. Però entre les seues paraules, al lloc on havien d'estar les respostes, hi havia ara uns grans espais en blanc. No hi quedava ni una sola lletra de les que aquell estrany havia escrit.

5

Una amistat secreta

Després d'aquella estranya conversa, Marta va viure uns dies d'ansietat permanent. Passava hores i hores tancada a la seua habitació i Clara va començar a sospitar que li passava alguna cosa rara a la filla. En realitat, tot era molt més senzill perquè les hores li passaven a Marta fent mil coses diferents, però sense perdre mai de vista la pantalla de l'ordinador. Una pantalla on sempre hi havia escrit un únic missatge:

Hola, hi ha algú?

Però era com tirar a la mar un missatge dins d'una botella perquè la pantalla romania inalterada, sense cap resposta. La xiqueta intuïa que el seu interlocutor (o seria interlocutora? Li ho havia de preguntar quan es comunicaren una altra vegada, si és que això passava alguna volta) potser no tornaria fins que no hi haguera ningú més a casa. Per aquest motiu, algunes vesprades animava sa mare perquè eixira a comprar a la ciutat; altres vegades, si Clara volia fer un passeig pel parc, es negava a acompanyar-la amb qualsevol excusa, per a poder quedar-se sola en la seua habitació. Marta estava segura que l'estrany ésser anava per casa, ho notava en alguns detalls a penes perceptibles, que els seus pares ja no pretenien explicar, però que, ara, ella sabia molt bé d'on provenien.

Encara va passar més d'una setmana abans que el missatge de Marta rebera una resposta. Aquell dia, després d'una vesprada esgotadora, durant la qual ella i sa mare havien deixat net i arreglat el jardinet que rodejava la casa, va decidir gitar-se més prompte. En acabant de sopar, se'n va anar a l'habitació amb la intenció de gitar-se a llegir fins que li vinguera la son. De seguida es va despullar i es posà el pijama; després va entrar al bany per a raspallar-se les dents. En tornar, va trobar el llit desfet, amb la roba amuntegada al capçal. La primera reacció va ser d'estranyesa, però Marta va esbossar de seguida un somriure de complicitat.

Va anar ràpidament a l'ordinador i el va encendre. Ja havia arxivat el missatge davant del qual

havia esperat tants dies, de manera que el va recuperar de seguida. Immediatament van aparéixer a la pantalla aquelles paraules, ara tan carregades de sentit:

Hola, hi ha algú?

La cara de Marta es va il·luminar quan el cursor va començar a moure's a la pantalla, per deixar-hi una resposta:

Sí, hi ha algú. Avui m'abellia tornar a parlar amb tu.

Jo ja fa dies que t'espere. Em pensava que ja no tornaves. T'he de fer moltes preguntes.

Més preguntes? Comença, vinga, encara que t'he d'advertir que no tinc gaire paciència. Per compensar, després jo també te'n faré alguna.

Primer, vull saber com t'he de dir. Ets un home o una dona? Escric un o una?

Ni una cosa ni l'altra. Li preguntaries això a una pedra o una estrella? Només té sentit amb éssers que es reprodueixen. I jo no em reproduïsc. Jo sóc així des de sempre i quan me'n vaja...

Quan te'n vages! Què vols dir?

Algun dia enderrocaran aquesta casa o caurà de vella, o la partirà un raig. Jo què sé! I Aleshores, me'n podré anar.

I on aniràs?

On aniré, on aniré... No et sembla que ets una miqueta massa curiosa? Crec que ja t'he dit que hi ha coses que tu no pots comprendre.

Marta va decidir canviar d'assumpte. Temia que el seu interlocutor es molestara i que en qualsevol moment tallara la comunicació, perquè perdria l'oportunitat de continuar aquell diàleg. Tornà a insistir:

Però és que jo vull dir-te el teu nom! I encara no sé si pot ser un nom d'home o de dona. Ara, que també puc dir-te Fantasma, si no et molesta. O Fan, per abreujar.

A mi no m'importa, encara que ja t'he dit que no tinc res a veure amb els vostres fantasmes. Em pots dir com vulgues.

Marta es va quedar parada, sense saber què teclejar. Volia preguntar tantes coses que ja no sabia per on continuar. Va decidir deixar-li la iniciativa a aquell ésser tan enigmàtic.

Abans m'has dit que tu també volies preguntar-me una cosa.

Volia, sí. Tin en compte que no puc eixir d'aquesta casa. I em sembla que per allà fora el món ha canviat molt en els últims anys, no és veritat? Ja he mirat els teus llibres i els que han portat els teus pares. A més, algunes nits, quan mireu la televisió, jo també sóc a la sala. Sé moltes coses, però algunes altres me les hauràs de contar tu.

Comença a preguntar quan vulgues.

Tranquil·la, que tindrem temps. Abans vull saber una cosa. Quina classe de menjar horrible ha preparat avui ta mare, que ha omplit la casa d'una olor vomitiva? Ha aconseguit irritar-me més que mai!

El dinar que ha fet avui? Era sopa, sopa de verdura. Però no ens l'hem poguda menjar. Li ha caigut la sal al perol i l'hem haguda de tirar.

Sí, li ha caigut... L'he tirada jo! No suporte l'olor d'aquest menjar, no hi ha racó on no arribe! Ja la pots avisar perquè, si en torna a fer una altra vegada, acabaré balancejant tota la casa!

La cara de Marta es va il·luminar. De manera que allò de la sal ho havia fet Fan! Mira per on, acabava de trobar un aliat en la seua croada contra la sopa de verdura. Qui havia dit que els fantasmes i els humans no tenen coses en comú? Tornà a concentrar-se en la conversa perquè les paraules d'aquell ésser desconegut continuaven apareixent a la pantalla.

I ara que parlem de ta mare, saps que és ben bonic el telescopi? Ara mateix és al terrat. M'abelleix saber com es veu l'espai amb aquest aparell. Per què no anem amb ella?

Però no m'has dit que només podies estar amb mi?

Així és. Però això no impedeix que jo estiga amb vosaltres mentre parleu. Et promet no intervindre per a res en la conversa.

Marta es va sentir frustrada, esperava molt més d'un diàleg que havia estat anhelant des de feia tant de temps. No li havia pogut preguntar quasi res de totes les coses que li interessaven! Però, com li podia portar la contrària a aquell ésser tan estrany? A més, li havia promés que mantindrien més converses en el futur. I ella tenia tot el temps del món per a esperar.

La xiqueta va apagar l'ordinador i va anar al terrat. Allà hi havia sa mare, asseguda davant del telescopi.

–Què fas, mare?

–Hola, Marta, em pensava que ja dormies! Vinga, vine, seu al meu costat. No et sembla que avui fa una nit preciosa?

La xiqueta va agafar una cadira i va seure al costat de Clara. I la mare, com altres vegades, va anar buscant-li diverses constel·lacions al firmament. Cada vegada que deixava de mirar pel telescopi, Marta entretenia una miqueta sa mare perquè el visor de l'aparell quedara lliure durant uns instants. «Com es deuen veure les estrelles amb els ulls d'un fantasma? Quines coses veurà que jo no sóc capaç de veure?» Perquè estava convençuda que, a la seua manera, el Fantasma també estava contemplant el meravellós espectacle celeste.

A aquell segon encontre en van seguir d'altres, més espaiats que no hauria volgut Marta. I ara era sempre ella qui havia de respondre a la curiositat insaciable del Fantasma, desitjós de conéixer les noves maneres de viure dels humans, les novetats del món i qualsevol cosa que l'ajudara a omplir el buit de coneixements referits a les coses que havien passat en els últims trenta anys. I el món havia canviat tant! Marta no estava gens segura de respondre correctament a les preguntes que li feia, però ho intentava, sovint amb l'ajuda de llibres i enciclopèdies, cada vegada més presents a la seua habitació, fet que provocava l'estranyesa dels seus pares.

A finals d'agost, va rebre la contestació de Milena i també cartes d'altres amigues de Pontebranca. En llegir-les, va sentir molta nostàlgia. Li comentaven les aventures d'aquell estiu, les experiències que ella coneixia tan bé per haver-les protagonitzades al llarg dels estius anteriors. Tot continuava igual al poble, però ara ella era lluny, enfrontada a una realitat que, de vegades, li feia sentir por del futur.

Va respondre a totes les cartes de les seues amigues. La que va escriure a Milena era molt més llarga perquè necessitava contar a algú tot el que li passava per dins.

Estimada Milena,

Abans de res, lamente comunicar-te que encara no hem hagut d'avisar els caçafantasmes i tampoc no he trobat cap esquelet dins d'un armari. Mira que tens unes idees!

Ara, deixa'm que et conte algunes coses serioses. Aquestes primeres setmanes a la ciutat han passat molt de pressa. Encara que no sé si això de dir «a la ciutat» està bé, perquè jo, per ara, he vist ben poca cosa, llevat del parc que tenim davant.

De matí, quasi ni isc de la meua habitació, molts dies acabe avorrida d'estar sola. Algunes vesprades isc amb ma mare, perquè mon pare ja ha tornat a treballar. De vegades anem a alguna platja de les que hi ha a prop de la ciutat, però a ma mare no li agrada perquè hem d'agafar el cotxe i després, en tornar, s'hi forma sempre una corrua de cotxes llarguíssima. Altres dies hem anat al centre, a veure botigues o al cine.

La setmana que ve comença setembre i acaben les vacances. Ma mare ja ha d'anar a l'institut i jo hauré de repassar alguna cosa, sobretot matemàtiques. Ma mare sempre em diu que, en Secundària, les coses no seran com a l'escola, que tindré un professor per a cada matèria i que hauré d'estudiar més. Sí que em fa una miqueta de por i supose que a tu també, encara que, almenys, saps que estaràs amb els mateixos companys de tota la vida. Però a la meua classe, jo seré nova i els altres ja es deuen conéixer d'abans. Com encaixaré amb ells?

Al mateix temps també desitge que comencen les classes perquè tinc ganes de conéixer altres xiquetes. I això, si no ho faig a l'institut, serà impossible, perquè ja t'he dit que aquesta casa està molt apartada de tot. Ara que, encara que arribe a fer moltes amigues, estic segura que mai no ocuparan el teu lloc. M'has de prometre que no deixaràs d'escriure'm i que mai no hi haurà secrets entre nosaltres.

Marta va interrompre l'escriptura de la carta. Era ella qui ja començava a tindre secrets per a Milena, perquè evitava fer referència als fets dels dies anteriors. Però era per força major, qualsevol hauria vist ben clar que no li podia escriure que a la casa hi havia de veritat un fantasma, o qui sap què, i que es comunicava amb ella gràcies a l'ordinador. Milena hauria cregut que estava boja!

Encara va contar a la seua amiga algunes coses més: l'última pel·lícula que havia anat a veure amb sa mare, els discos nous que havia comprat feia poc... I li va parlar una altra vegada, abans de dir-li adéu, de la seua mescla d'il·lusió i por de començar el nou curs.

Quan va acabar, va rellegir la carta i es va quedar pensant en les coses que hi havia escrit. Va sentir com mai l'absència de Milena. Què faria ara sense una amiga a qui li ho contava tot? Hi trobaria algú així, amb qui poder parlar fins i tot dels seus secrets més amagats? Era difícil, una amiga no es fa de la nit al dia. I amb Milena compartia records i aventures des que les dues eren molt menudetes.

S'adonà que, a la carta, explicitava un temor que ja l'acompanyava d'una manera soterrada abans de traslladar-se a la ciutat. L'acceptarien els seus nous companys? Encaixaria amb ells? I què passaria quan saberen que vivia en una casa que tenia fama d'estar embruixada? No li donarien gens d'importància o reaccionarien com els dos xiquets que havia trobat al parc el dia que s'hi va quedar sola? Marta sentia que se li presentava un futur ple de problemes.

Va desitjar retrocedir en el temps, tornar altra vegada a la seua vida anterior, a Pontebranca. Però ja no hi havia remei i havia d'acceptar la nova realitat. Era a la ciutat, en una casa nova, i havia d'afrontar les coses com eren. L'esperava un ambient nou, uns professors nous. «I espere que, també, uns amics nous», va pensar. Volia abandonar aquella solitud, fer amigues amb les quals jugar i comentar coses. «Però no hi estic sola del tot. Encara com tinc Fan per contar-li les coses que em passen». Marta va ser la primera a sorprendre's per aquell pensament que acabava de tindre. Fins aquell moment, no havia pensat mai que aquell ésser invisible podia acabar sent amic seu. Potser ja els unien més coses que l'aversió comuna per la sopa de verdura.

6
Territori desconegut

«He d'evitar que se'm note que estic nerviosa», va pensar Marta quan es va trobar davant l'institut on havia d'estudiar els pròxims mesos. Els seus pares dubtaren sobre la conveniència de matricular-la al mateix institut on treballava Clara, perquè així hi haurien pogut anar les dues juntes; però era en un altre barri de la ciutat i això les hauria obligades a dependre l'una de l'altra. Finalment, decidiren matricular-la a l'institut més pròxim. El centre no era lluny de casa, només havia de travessar el parc i caminar un parell d'illes de cases més pel barri. De manera que no caldria que sa mare la portara amb el cotxe, com havia fet avui, perquè era el primer dia.

Hi havia molts xics i xiques al voltant de la porta d'entrada; alguns grups seien a les escales o en una paret baixa que rodejava l'espai destinat a aparcar els cotxes. Marta va tractar de buscar alguna cara coneguda, encara que sabia que era inútil. Estava sola i ho havia d'acceptar d'una vegada. Va respirar fondo i, fingint una seguretat que no tenia, va recórrer els escassos metres que la separaven de la porta.

Dins l'institut l'esperava un paisatge que li va resultar familiar, que s'assemblava bastant als ambients que ja coneixia. Marta s'acostà a un plafó d'anuncis enorme, ple de papers, fingint que li interessava moltíssim llegir-los. Però, en realitat, mentre feia com si llegira, procurava no perdre detall de tot allò que passava al seu voltant. Va jugar, mentalment, a endevinar quins alumnes devien ser de primer, com ella, però tots li semblaven més grans.

A les nou, hi va sonar un timbre i el gran grup d'alumnes va començar a dispersar-se en totes les direccions. Ella ja sabia que li corresponia la classe de Primer C, de manera que va preguntar on era aquella aula a unes xiquetes que li semblaren majors que ella. Li assenyalaren el fons d'un corredor que hi havia a l'esquerra i allà va trobar, efectivament, una porta amb un cartell que indicava «1r C». Els xiquets i xiquetes no entraven a l'aula, sinó que s'hi estaven reunits davant la porta. Una professora amb uns papers a la mà anava cridant els alumnes per ordre de llista; devia ser la tutora de la classe.

Quan va sentir el seu nom, «Freire Varela, Marta», va entrar a l'aula i va seure al lloc que la professora li va indicar. Les taules estaven col·locades de dues en dues; la que hi havia al seu costat ja estava ocupada per un xiquet que no va respondre al somriure amable que ella li va oferir. Aquell xiquet mirava una vegada i una altra cap a uns altres xiquets que hi havia més arrere, fent gestos que Marta va interpretar com una excusa, que ell no tenia la culpa que una xiqueta (o, potser, una desconeguda? Probablement les dues coses) fóra la seua companya de taula.

Quan tots van estar situats als seus llocs, la professora els va comentar que aquella era només una situació provisional, per facilitar la identificació de cada alumne, i que després cadascú podria seure on volguera, segons les seues preferències. Després els va llegir els noms dels professors que tindrien en les diverses matèries, els va parlar del canvi que suposava el pas de Primària a Secundària («amb dotze anys ja no sou xiquets», va insistir unes quantes vegades) i els va explicar detalladament les normes de convivència del centre. Finalment, els va demanar que anotaren les seues dades personals en una fitxa que els va donar.

Hi va haver uns minuts de silenci, mentre tots omplien la fitxa. Així que les van tindre plenes, la professora les va recollir i va estar llegint-les i ordenant-les en la seua taula. En acabar, va dir:

–Ja veig que us deveu conéixer tots, perquè la majoria veniu de l'escola de Freixeiro. Només hi ha una xiqueta que ve de lluny, de Pontebranca: Freire Varela, Marta. Qui és Marta?

La professora mirava a un costat i l'altre de la classe, buscant la propietària d'aquell nom. Marta va aixecar la mà, amb una miqueta de por. El primer dia i ja l'havien d'assenyalar. Adéu a la seua il·lusió de passar desapercebuda.

–De manera que véns de Pontebranca? –va preguntar la professora.

–Sí, ens hem traslladat aquest estiu.

–I ara vius a prop de l'institut, veritat que sí?

–Sí, en una casa gran que hi ha quasi al final de l'avinguda del Parc.

Com si aquelles paraules foren un senyal, a la classe es va sentir una remor generalitzada de veus. «La casa embruixada, viu a la casa embruixada», va sentir Marta, entre altres murmuracions. S'hi va sentir incòmoda, li feia la impressió que tots els seus temors s'hi complirien. Va notar que el xiquet que seia al seu costat feia gestos ostensibles d'apartar-se'n. Entre la remor de veus, se'n va sentir una, que venia de la part de darrere de la classe: «I on ha aparcat la granera?».

Però tots van callar de seguida, quan la professora va fer mala cara i ordenà silenci. Els va dir que li semblava mentida, que aquella no era la manera de donar la benvinguda a una persona que acabava d'arribar a la ciutat. I, després, en un to més amable, va preguntar què volia dir això de la granera.

Marta es va fer roja, creia que hauria de donar unes explicacions que no tenien sentit i ni tan sols sabia com començar. Però el timbre que marcava la fi de la classe la va ajudar. La professora es va aixecar, sense esperar la resposta, els va dir bon dia i se'n va anar de l'aula.

Poc després, entrà a la classe un professor baixet, amb cara de pomes agres. Com si tots s'hagueren posat d'acord, a l'aula es va fer un intens silenci. Marta va observar que ningú no es movia i, de reüll, va poder veure com el seu company de taula estava anormalment atent, amb el quadern obert i un bolígraf a la mà, com si es disposara a escriure amb la màxima concentració.

Però no hi havia res a escriure. El professor parlava i parlava i semblava com si retorcera les paraules abans de dir-les, de manera que qualsevol frase sonava com una amenaça. De vegades, reia sense ganes i Marta, en veure-li la cara, va pensar si aquell home no devia estar malalt.

Quan ja havia passat un quart, va manar a dos xiquets que isqueren a la pissarra per a fer unes operacions combinades. Cada vegada que un d'ells cometia un error, el professor reia dissimuladament. Un dels xiquets no n'encertava una. Hi havia una divisió que no li eixia bé i es va equivocar un fum de voltes. Marta sofria des del seu lloc en descobrir els errors, perquè a ella les matemàtiques sempre li havien anat bé. El professor aprofitava cada error per burlar-se del xiquet i, dirigint-se a tot el grup, per deixar-hi caure unes quantes amenaces sobre les classes del curs que acabava de començar.

També va sonar el timbre per a aquell professor tan desagradable i la classe sencera va respirar alleugerida quan se'n va anar de l'aula, després d'haver omplit la pissarra d'operacions que havien de portar resoltes l'endemà. A continuació, hi va entrar una professora que, després de presentar-se i de saludar-los, va obrir un llibre que portava, va demanar silenci i va començar a llegir-los un relat de misteri. Quan ja havien passat uns minuts, Marta s'adonà que coneixia aquella història i aquell llibre: era d'un autor de l'Índia, Rudyard Kipling, i li l'havia llegida sa mare l'hivern passat, quan va estar malalta uns quants dies. Al principi, hi havia alumnes que no feien cas de la història però, a poc a poc, bé fóra per la veu càlida i suggerent de la professora, bé per la intriga del relat, tots anaren callant; quan la professora en va llegir les últimes paraules, tota la classe era en silenci.

Després d'aquelles tres classes, tingueren un temps de descans. Marta va eixir al pati i va seure en un banc que hi havia en un dels extrems, davant d'un jardí. Una xiqueta la va saludar i es posà al seu costat.

–Hola! Estem en la mateixa classe, no sé si ho has vist; jo estic un parell de files darrerre de la teua. Em dic Beatriu, però tots em diuen Bea.

Marta va veure que se li obria el cel i va oferir a aquella xiqueta el millor dels seus somriures. Començaren parlant de què els havien semblat les tres primeres classes, era l'única experiència que podien compartir. Bea parlava molt i, entre altres coses, li va contar que aquell professor de Matemàtiques, don Rodrigo, era famós a l'institut pel seu mal geni, per això tots li tenien por des del primer dia. Quan ja estaven enraonant una estona, Bea va parlar de la casa.

–De manera que vius a la casa embrui... Vull dir, a la casa que hi ha al final del parc? No t'estranye que ens resulte coneguda, la majoria vivim en aquest barri –Marta la mirava amb expectació, perquè li feia por que notara que estava nerviosa–. I tots hem sentit alguna vegada històries rares sobre la casa. A mi, per exemple, també me les han contades.

–És una casa ben normal, com qualsevol altra –va respondre Marta, decidida a no fugir d'estudi–. La casa embruixada, ja sé que en diuen això. Nosaltres també sentírem les històries quan la vam llogar. Però no et cregues tot això, t'assegure que a la casa no hi ha res d'estrany.

Marta esperava que, per fora, no se li notara que mentia. Però, què podia fer? Comentar que hi vivia un fantasma, o allò que fóra, i que es comunicaven gràcies a l'ordinador? Devien pensar que no estava bé del cap, era evident que aquella no hauria sigut la millor forma de fer noves amistats. De manera que va tractar de desviar la conversa i li va preguntar, a Bea, altres coses relacionades amb la classe. Així va saber que la majoria dels alumnes de la seua classe ja havien estat companys en els cursos anteriors. I va saber que a Bea, com a ella, també li feia por el canvi que representava el pas a Secundària.

Bea la va informar després a propòsit dels professors, ella ja els coneixia per les referències d'alguns companys que anaven a cursos superiors. Li va parlar bé de quasi tots, sobretot de la de Llengua. De qui li va parlar molt malament va ser de don Rodrigo, el de Matemàtiques. Li va explicar que no era només que se'n burlava o que sempre estava de mal geni, sinó que, a més, pegava, sobretot, als xiquets. Hi havia moltes raons per a explicar la por que li tenien tots.

Conversant, es va acabar el temps de descans. Quan entraren una altra vegada a l'aula, Bea va parlar amb el xiquet que seia al costat de Marta i li va demanar que li canviara el lloc. El xiquet va acceptar la proposta entusiasmat, de manera que Bea va agafar les seues coses i les va traslladar al seient que hi havia al costat de Marta.

Les dues classes que faltaven passaren molt de pressa. En eixir de l'institut, Marta va lamentar que

sa mare l'esperara, perquè hauria preferit tornar a casa amb Bea. Però no podia protestar perquè, aquell matí, li havia insistit molt que fera tot el possible per passar a buscar-la. En aquells moments s'hi sentia molt sola i no podia imaginar que trobaria de seguida una amiga nova.

Aquella nit, abans de gitar-se, Marta va posar en marxa l'ordinador. Ja eren més de les dotze i sabia que a aquella hora hi havia més possibilitats que Fan fóra per allà. Va escriure el missatge de sempre:

Hola, hi ha algú?

I va esperar la possible resposta. Tingué sort perquè a penes havia apartat els dits del teclat, a la pantalla va començar a aparéixer la resposta a la seua pregunta:

Sí, hi ha algú. En realitat, estava esperant-te.

M'alegre, em pensava que avui no vindries. Necessite comentar amb algú les coses que m'han passat a l'institut.

Ja et vaig dir que per res del món em perdria el teu primer dia de classe. Conta-m'ho, com t'ha anat?

Marta li va comentar, d'una manera una miqueta desordenada, les coses que li havien passat. Li va parlar dels companys, de les coses que havien dit de la casa i li va dedicar un comentari més llarg a Bea.

He convidat Bea perquè vinga a casa, de manera que espere que em faces el favor d'estar quiet els dies que hi vinga.

Dona, no sé per què dius això.

Perquè podies tindre la temptació de presentar-te quan ella vinga a casa. Què et semblaria? Estic ací amb la meua amiga i comencen a obrir-se les portes o els llums s'encenen i s'apaguen o els mobles comencen a moure's per terra... Tu creus que així podria tindre moltes amigues?

Tu també pots col·laborar. Avisa ta mare perquè elimine d'una vegada la sopa de verdura. Si l'olore, m'he de manifestar. No puc evitar-ho!

Ja ho intente, ja, però no sé si ho podré aconseguir. Despús-anit va comentar, molt enfadada, que no en tornaria a fer més. Ara que ho pense... Tu no deus tindre res a veure amb les formigues, veritat?

Dona, en una casa vella han d'haver-hi formigues. I més encara si al setembre fa calor. Jo només les vaig ajudar una miqueta, perquè no els abellia gens entrar dins la sopa.

Gràcies, Fan! Te'n dec una! Però deixa'm continuar que encara em queden moltes coses per contar-te.

Marta es va posar a parlar-li dels professors. Quan li va comentar les informacions que Bea li havia donat a propòsit de don Rodrigo, la resposta de la pantalla hi va aparéixer més de pressa que les altres vegades.

Però això només poden ser històries que inventen els alumnes! Com ha de pegar un mestre? És com si em digueres que hi ha un metge que enverina els pacients o un fuster que trenca mobles amb un martell. No em puc creure que les coses siguen com dius.

Marta no va saber què respondre a aquella objecció. A més, ja li havia contat totes les novetats del dia. Començava a notar el cansament acumulat, perquè li havien passat moltes coses en un sol dia. Va pensar que havia arribat l'hora de dir adéu al seu amic invisible, però no volia fer-ho bruscament. Per fi, hi va escriure:

I a tu, com et van les coses?

No em van malament, la veritat és que em trobe millor des que em comunique amb tu. Encara no he desistit de comunicar-me també amb ta mare, però té un bloqueig racional molt fort. I així és difícil posar-nos en contacte. Amb ton pare, ja saps que ni ho intente.

Estic cansada, Fan. Se'm tanquen els ulls. Per què no continuem demà?

Com vulgues, però és una llàstima. T'agraden els contes? Perquè avui te'n volia contar un de molt bonic, de fantasmes, com en dieu vosaltres.

Potser ja el conec... Quin és?

És el de l'home que lloga una casa per a passar les vacances i, a les golfes, hi troba un llibre molt antic. L'obri i es para en una pàgina que té un dibuix d'un xiquet tancat en una habitació. I s'adona que, cada vegada que mira el dibuix, el xiquet està en un lloc diferent. Un dia, el xiquet escriu «Auxili!» a la paret de l'habitació i l'home no sap què fer per salvar-lo del perill que sembla amenaçar-lo. Aleshores, quasi per casualitat, descobreix que a la casa, darrere d'una paret falsa, hi ha una habitació exactament igual com la del dibuix. Te'l conte?

Marta va creure que per aquella història pagava la pena perdre una hora de son i va escriure «sí» sense dubtar-ho. Així que ho va fer, la pantalla va començar a omplir-se de paraules a una velocitat que li permetia seguir la lectura com si escoltara les paraules. Quan, al cap d'una hora, es va acabar la història, Marta tenia les galtes roges i els ulls li lluïen intensament. Ara estava certa que Fan era una font inesgotable de sorpreses i que aquella era la història més apassionant –i la més terrorífica, ella no voldria trobar mai un llibre semblant!– que havia llegit en la seua vida.

7
L'extinció dels dinosaures

Un dia de novembre, Marta tornà de l'institut molt enfadada, amb la certesa que allò que havia passat aquell matí a la seua classe no es podia tolerar. En eixir, ho havia comentat amb Bea, que opinava que no se'n podia fer res, que les coses sempre havien sigut així i que no hi havia altre remei que aguantar-se.

Va entrar a casa i deixà la cartera amb els llibres damunt d'una de les cadires de l'entrada. Després, va anar a la cuina, on va veure sa mare, que ja havia tornat de la faena.

–Demà no vaig a classe, mamà. Jo, això, no ho aguante més!

–Com que no vas a classe? I què és això que no aguantes?

–No aguante més l'animal de don Rodrigo, que està cada dia pitjor! Avui ja se n'ha passat, mai no havia vist una cosa semblant.

A la mare, ja li resultaven familiars les històries que tenien don Rodrigo, el professor de Matemàtiques de la filla, de protagonista. Des dels primers dies, les notícies que Marta duia d'aquell home eren sempre desagradables. No es tractava, només, que el professor explicava d'una manera massa enrevessada; això, tot i que era important, es podia resoldre amb les explicacions que Clara li donava en arribar a casa. Eren molt pitjor les notícies repetides sobre agressions verbals i, de vegades, físiques, que aquell home infligia als seus alumnes.

Clara sempre rebia amb mal humor aquelles informacions. No només perquè ella també era professora i allò li recordava l'existència, tot i que minoritària, de companys que deixaven la professió en molt mal lloc, sinó també perquè al seu interior s'enfrontaven dos sentiments contradictoris. Li venien ganes d'anar a parlar amb la direcció del centre i denunciar el cas, exposant-se, potser, a fer el ridícul. Quines proves aportaria? Canviarien les coses amb la seua intervenció? Potser no eren ja bastant conegudes les barbaritats d'aquell professor?

S'havia fet la promesa que faria la denúncia el mateix dia que molestara Marta. Encara que, el fet que ella fóra també professora, li conferia una condició especial. Perquè el professor no era imbècil i, per les coses que li contava Marta, es notava com triava, per agredir-los, els xiquets (mai no pegava a les xiquetes, per a elles, reservava les agressions verbals) que, per les seues circumstàncies familiars, era estrany que arribaren a protestar.

–Veiem, què ha fet avui? Vinga, calma't i conta-m'ho.

–Què ha fet? –Marta estava completament indignada–. De tot, avui ha fet de tot! No sé ni com no m'he aixecat i me n'he anat de classe, fins i tot he discutit després amb Bea per això, perquè no hem tingut el valor d'aixecar-nos i anar-nos-en.

–Però m'ho contes o no? –va insistir la mare.

–Així que ha entrat a classe, ja ha començat –Marta va tractar d'asserenar-se; eren uns fets tan indignants que els havia de contar amb tota la fredor possible–. Avui venia pitjor, o no ha trobat lloc per a aparcar, o havia begut, o jo què sé... El cas és que, així que ha entrat a classe ha agafat Andreu, un xiquet menut, una miqueta inquiet, que seu al costat de la porta, i li ha pegat un colp al clatell, així, sense cap motiu. «I per què em pega?», li ha preguntat el xiquet, aguantant les ganes de plorar. I ell li ha contestat: «Per totes les maleses que has de fer avui en classe, així ja tinc la faena avançada». A tu què et sembla? No creus que és un boig de cap a peus?

La mare no va dir res i va deixar que la xiqueta continuara el relat.

–Després ha tret Carles a la pissarra i li ha manat que resolguera unes equacions que ens havia posat per a fer-les a casa. Ja l'ha tret amb mala idea; com ho havia de saber fer, el pobre Carles, si encara no entén bé els nombres positius i negatius? Va molt malament en matemàtiques. I s'ha posat a escriure favades a la pissarra. Aleshores, don Rodrigo ha començat a pegar-li colps al cap. Carles es protegia amb les mans, però el professor buscava els buits per continuar pegant-li i, amb això, li deu haver pegat al nas, perquè Carles ha començat a sagnar molt, s'ha tacat de sang tota la camisa i s'ha posat a plorar. Aleshores, aquell animal ha parat de pegar-li i li ha dit que no es comportara com una xiqueta, que una miqueta de sang al nas no tenia gens d'importància. L'ha enviat a rentar-se al servei i li ha manat que agafara l'aigua oxigenada de la farmaciola. Després, ja es deu haver quedat satisfet per la ració de violència del dia, perquè ha agafat el llibre vell d'on copia els problemes i ha omplit la pissarra amb un fum d'equacions ben llargues. Ens ha dit que les férem mentre ell seia davant de la seua taula i ens mirava amb ulls amenaçadors. I nosaltres allà com uns babaus, fent els problemes amb el cap baix, en compte d'aixecar-nos i fer-li un boicot, com hauríem d'haver fet.

–Quina barbaritat! I no hi ha ningú que li diga res?

Va ser l'únic comentari de Clara que, d'una forma egoista, va intentar que Marta es calmara. Però la xiqueta estava molt enfadada i no atenia a les raons de sa mare. Tingueren una discussió sobre què calia fer quan passava una cosa així. La mare era conscient que Marta tenia tota la raó, però intentava aplicar-hi una bona dosi de pragmatisme, adaptar-se a uns fets que, com sabia molt bé, no tenien una justificació fàcil. Finalment, optà per callar i escoltar les malediccions de Marta. Quan la veia així, Clara era conscient que la seua filla començava a deixar per sempre el territori de la infància, per a iniciar una nova etapa. Va desitjar poder donar-li tota l'ajuda de la seua experiència, encara que, com acabava de comprovar, això no sempre seria possible.

Finalment, Marta va callar i va eixir de la cuina. Molt enfadada, va pujar per l'escala i es va dirigir al seu dormitori. Quan hi va entrar, va tancar la porta i es va deixar caure damunt del llit, sense pensar en res. Al cap d'uns minuts, es va aixecar, com impulsada per un ressort, i va encendre l'ordinador. Així que va estar preparat, hi va escriure:

Fan, estàs ací dins?

Va romandre uns minuts davant la pantalla, esperant una resposta que no arribava. Va deixar l'ordinador en marxa i, per matar el temps, es posà a ordenar els papers que tenia damunt la taula. Feia ja més d'un quart que estava entretinguda fent tot allò, quan un soroll li va trencar la concentració: la motxilla dels llibres acabava de caure a terra.

«Fan!», va pensar Marta. S'acostà a l'ordinador i va seure a la cadira. A la pantalla, davall del missatge que havia escrit ella, n'hi havia ara un altre:

Hola, Marta! Volies parlar amb mi?

Marta va sospirar, alleugerida, i va teclejar, de pressa:

Sí que volia. T'he de contar unes coses que m'han passat avui en classe. Vull saber què en penses.

Vinga, va. Conta-m'ho ja. Avui no tinc gaire temps.

Marta es va posar a teclejar amb fúria, escrivint d'una forma desordenada, amb moltes repeticions i salts avant i arrere, per a explicar totes les coses que havien passat aquell dia en la classe de matemàtiques. En acabar, s'hi va quedar expectant, mirant la pantalla. La resposta de Fan no va tardar gaire:

De vegades no sé què pensar, d'això que em contes. No dius que el tal don Rodrigo és professor? I els professors no estan per a ensenyar-vos i educar-vos? Per a aquest home, hi ha altres ocupacions que li anirien millor: malfactor, boxejador, torero, dictador... Jo què sé. Crec que conec bé els humans, ja fa molts anys que us suporte. Però això que em contes no ho puc entendre.

Jo tampoc no ho entenc, Fan. Supose que és perquè no es pot comprendre. Encara que ma mare diu que tot això ve dels vells temps, que els professors com ell només són restes d'èpoques passades, una miqueta com si foren animals prehistòrics.

No vull desenganyar ta mare, però a mi em sembla que aquell dinosaure té molt bona salut. I tu no creus que el tal don Rodrigo mereix una bona advertència?

Una bona advertència! Mereix que li paguen amb la mateixa moneda, Fan. Però no sé com ho hauria de fer.

Saps què? Ara sí que m'agradaria donar-te un colp de mà.

Tu? I com? No dius que no pots eixir dels límits d'aquesta casa?

I no puc, ja ho saps. Però si tu m'ajudes, puc arribar a molts llocs. Tu no podries dur-me ací algunes de les coses que sol utilitzar don Rodrigo a classe?

Coses que gaste ell? Supose que sí. Com ara què?

És igual, qualsevol cosa que haja d'utilitzar a classe.

Això està fet, Fan! Espera'm demà sense falta, a aquesta mateixa hora!

Quines coses feia servir don Rodrigo, invariablement, a classe? N'hi havia dues: el llibre de text i el llibre vell d'on treia els problemes amb què els martiritzava cada dia. Marta es va decidir pel llibre de text, perquè li resultaria menys complicat. I de seguida va preparar un pla per a aconseguir-lo.

En acabar la següent classe d'aquell energumen, Marta s'acostà a la taula del professor. Allà, li va demanar que li explicara una demostració que hi havia al llibre de text, perquè no l'entenia bé. El professor, agradablement sorprés per la presència de la xiqueta, li va donar una explicació que ella va trobar confusa. En acabar, Marta el va distraure amb algunes preguntes i, sense que ell ho notara, va canviar el seu llibre pel del professor. Quan li'l tornara, l'endemà, sempre podria al·legar que aquell canvi només havia sigut una distracció. Tot va eixir perfectament; el professor no s'adonà del canvi i

Marta tornà al seu lloc amb la satisfacció d'haver fet ja la part més difícil.

Aquella vesprada, quan va arribar a casa, va pujar de seguida a la seua habitació. Va posar en marxa l'ordinador i va carregar el processador de textos. Però no va haver de teclejar-hi res perquè de seguida van aparéixer a la pantalla les paraules de Fan:

Estava esperant-te! Has portat allò que et vaig encarregar?

Ho he portat. És el seu llibre de text. Ací el tinc.

Deixa'l damunt la taula, perquè jo puga... utilitzar-lo. És millor que te'n vages de l'habitació mentre actue; hi ha coses que els humans no podeu veure. Torna d'ací a deu minuts.

Marta va eixir de l'habitació, però va decidir esperar al passadís. Dins del dormitori se sentien sorolls estranys i, durant uns moments, un fum blavós va eixir per davall la porta. Quan ja havia passat més d'un quart, i tot estava en silenci, es va atrevir a entrar-hi. El llibre era damunt la taula, com si no haguera passat res des que ella se n'havia anat. Fan havia obert el balcó i a penes hi quedaven ja restes de fum.

La xiqueta va córrer cap a la pantalla. Hi havia un missatge.

Tot arreglat. Torna-li demà el llibre i no et preocupes per res més.

Què passarà? No m'ho pots dir?

Em sembla que el teu professor s'emportarà una bona sorpresa en obrir el llibre. I no sé si li quedaran ganes de descarregar la mà sobre algú en el futur. És una llàstima que només ho puga veure ell, perquè t'assegure que he preparat un espectacle magnífic. Sense passar-me'n, naturalment, tampoc no és cosa que acabeu tots amb els cabells blancs, que encara sou molt joves.

Amb els cabells blancs?

Sí, dona. Tu no saps que, quan una persona sent una por molt gran, els seus cabells es poden fer blancs de sobte? A ningú no li agradaria ocupar el lloc d'aquell dinosaure, t'ho assegure jo.

L'endemà, així que va entrar a l'institut, Marta es va dirigir a la sala de professors i va preguntar per don Rodrigo. Amb cara d'innocent li va explicar que es devia haver equivocat la vespra, quan li va fer la pregunta, i que, sense voler, s'havia emportat el seu llibre. I ara volia tornar-li'l i recuperar el seu. El professor no va donar gens d'importància a l'incident i Marta va eixir de la sala amb un sospir d'alleugeriment. La pitjor part, ja estava feta.

La classe de Matemàtiques era després del descans. Don Rodrigo hi va entrar amb la cara de pomes agres de sempre i va provocar, de seguida, un silenci general. El professor va decidir que, primer, corregirien els problemes que havia posat la vespra. Va demanar que isqueren a la pissarra Lluís i un altre xiquet, Enric, que era repetidor. Hi va haver sort, perquè els dos tenien el treball ben fet als seus quaderns, de manera que només van haver d'aguantar algunes bromes de mal gust que els va fer el professor, que semblava molest perquè no havien fallat res.

Després, don Rodrigo va manar obrir el llibre de text, per assenyalar-los alguns problemes que havien de fer. Ell també va obrir el seu i va anar passant pàgines, fins que va arribar a la que volia.

Marta estava tensa, intuïa que en qualsevol moment podia passar alguna cosa, però no sabia què. Per això es va quedar tan sorpresa com els seus companys en veure que don Rodrigo es quedava quiet, amb cara d'espantat, mentre allargava els braços i deixava caure el llibre a terra. L'expressió de sorpresa va ser immediatament substituïda per una de terror, alhora que el cos començava a tremolar-li com si estiguera despullat un dia de gelada.

El professor va retrocedir fins a incrustar les costelles a la pissarra, mentre mirava cap a un punt situat al seu davant, amb una expressió d'horror. Murmurava paraules incomprensibles i els ulls se li'n volien eixir de les òrbites. De vegades, es protegia el cap amb els braços i les mans, com si es defensara d'algú que volia pegar-li. Ningú no era capaç d'entendre què deia, entre gemecs. Només Marta va aconseguir entendre'n alguns fragments: «Sí, don Joan...». «No, al cap no...». S'hi estremia, mort de por, i es tapava les orelles, com si algú li cridara frases terribles. La classe sencera assistia, estremida, a l'espectacle, que només Marta podia comprendre vagament. «Quines barbaritats li deu haver preparat Fan?»

Després, el professor es va quedar quiet, de genolls i amb la vista fixa en un interlocutor invisible. De forma incomprensible, repetia frases com: «Sí, sí, no ho faré més, mai més...». I en aquella posició el va trobar el director que, atret pels crits de don Rodrigo, acabava d'entrar a l'aula.

Els mètodes de Fan devien ser contundents perquè, al cap de pocs dies, els va arribar la notícia que don Rodrigo ja estava bé, però que li havien donat una baixa per problemes nerviosos; era probable que no tornara a l'institut fins després de Nadal. Aida, una professora jove, va ser l'encarregada de substituir-lo. Després de la primera classe amb ella, mentre escoltava les paraules serenes de Bea, Marta va pensar: «Diuen que va ser un meteorit enorme la causa que va posar fi a la vida dels dinosaures. Quin meteorit

que li ha caigut a don Rodrigo! Ara que, a ell, si he de creure Fan, només li ha destruït el seu costat dolent. Em sembla que, després de Nadal, coneixerem una persona molt diferent!».

8
Adéu a la casa embruixada

Les setmanes següents van passar d'una manera inusitadament ràpida per a Marta, que de seguida va veure que les vacances de Nadal estaven a punt d'arribar. Els seus pares havien decidit que l'àvia Laura passara les festes amb ells. L'àvia Laura era la mare de César i vivia sola des que s'havia quedat vídua, ja feia uns quants anys. De fet, Marta a penes recordava l'avi i l'única imatge seua que conservava era la de les fotos de l'àlbum familiar.

«Mamà Laura.» En pronunciar el nom de l'àvia, Marta notava una mar de sensacions, quasi totes associades a la vella casa d'Oleiros, on sempre passaven alguna setmana, cada estiu. Recordava la llibertat absoluta de què hi gaudia, lliure d'horaris i d'ordres, amb tot el temps del món per a explorar aquell territori fascinant que constituïen l'hort i les habitacions de la casa. Recordava, sobretot, el plaer de pujar a les golfes per l'escala estreta i entrar en aquell lloc on els objectes s'hi amuntegaven com si foren estrats geològics. Al costat de diversos objectes sense interés per a ella, hi trobava coses que la fascinaven: la vella trompeta del seu avi, les revistes antigues amb el paper esgrogueït que tant li agradava fullejar, el vell avió de fusta que va ser de son pare...

Els dies de Nadal foren molt especials per a Marta, que va fer tot el possible per ensenyar a l'àvia tots els llocs que ella havia anat descobrint al llarg dels últims mesos. Per primera vegada notava que aquell ja era, també, el seu territori i que uns llaços invisibles començaven a unir-la a la ciutat.

I també va ser una felicitat poder oblidar els estudis durant aquelles setmanes, però els dies de descans passaren molt de pressa. Va arribar gener i Marta es va submergir decididament en el treball i en les classes de l'institut. La proximitat del parc li servia per a anar comprovant com es manifestava en la naturalesa el pas de les estacions, segons que anaven canviant els arbres i la llum. Així, a través dels vidres del balcó, va veure passar els dies freds de l'hivern, amb la llum grisa i els grans roures nus. Quan ja començava febrer, va començar a notar com allargaven els dies i com els arbres mostraven les primeres fulles i la nova agitació dels ocells. I després ja hi va entrar la primavera i el canvi no es notava només en els arbres i les plantes, sinó que també l'aire i la llum eren diferents.

A l'institut, solucionat el problema de la classe de Matemàtiques, les coses anaven bé per a Marta. No havia tingut dificultats en cap matèria i ara li semblava una quimera tota aquella por al canvi d'escola, de companys i de ciutat. La principal dificultat va ser integrar-se al grup de la classe. Però els companys acabaren acceptant-la amb naturalitat i el fet que visquera a la famosa casa del parc no passava de ser un motiu per a alguna broma ocasional. Bea continuava sent la seua millor amiga, encara que també tenia bones relacions amb Anna i Iria. De vegades eixien les quatre juntes, al cine o a passejar pels carrers de la ciutat, com una colla d'amigues de tota la vida.

Però, és clar, hi havia també Miquel. Marta l'havia mirat amb bons ulls des del primer dia, atreta per l'expressió alegre, però també tímida, del xic. Amb el pas dels mesos, aquella primera atracció només havia augmentat i ella sempre aprofitava qualsevol excusa per acostar-se a parlar amb ell. També Miquel tractava de buscar-la, quan canviaven de classe o durant el descans, encara que quasi mai podien estar els dos sols. D'alguna manera, els dos eren conscients que una complicitat secreta havia anat madurant entre ells.

Però Bea era, amb diferència, la seua millor amiga. Hi havia entre elles una relació especial des que van parlar per primera vegada, era com si ja es conegueren d'abans. I era a ella a qui li contava totes les confidències més secretes o, més ben dit, quasi totes. Perquè Bea sabia el seu interés per Miquel, però hi havia alguns secrets que Marta reservava per a ella i que mai no es va atrevir a revelar-li. Per exemple, els passejos que havia fet amb Miquel pel parc, alguns dissabtes que s'havien trobat «per casualitat», com deia ell. Encara que Marta endevinava que era alguna cosa més que la casualitat la causa d'aquelles trobades.

De qualsevol manera, la relació amb Fan era el secret més gran de Marta. Un secret que no compartia amb ningú, ni amb els seus pares ni amb la seua amiga. Les converses amb el fantasma havien acabat fent-se imprescindibles per a ella. Amb Fan podia parlar de qualsevol cosa, confessar-li els temors, els dubtes i les incerteses. Aquell ésser tenia una paciència inesgotable i era capaç de llevar-li tots els temors, encara que, de vegades, les seues respostes la ferien i la deixaven molesta durant uns quants dies.

Al llarg de les últimes setmanes, segons que creixia la intimitat amb Bea, segons que creixia l'interés per Miquel, les converses amb Fan havien anat distanciant-se en el temps. De vegades, no era Marta qui duia la iniciativa, sinó el fantasma. Quan notava que la xiqueta estava menys interessada en la comunicació, Fan tractava d'allargar el diàleg contant-li històries que sempre acabaven atrapant-la. Unes històries que

Marta hauria volgut recordar paraula per paraula en la seua memòria, perquè l'emocionaven i li donaven ganes de traslladar-les al paper. Però sempre que ho havia intentat els resultats li semblaven fluixos, molt lluny de la màgia que Fan sabia transmetre tan bé.

La rutina del curs es va trencar un dia de finals d'abril. Era a última hora de la vesprada i Marta i Clara eren a la cuina, preparant el sopar. Van sentir la portada que solia pegar el pare quan arribava a casa. Poc després, César entrà a la cuina.

–Males notícies, família –duia un paper a la mà i l'agitava com si fóra un venedor de fira–. Avui he rebut aquest fax a l'oficina. I sabeu qui l'envia? Ni més ni menys que els propietaris de la casa.

–Ja saps que no m'agraden les sorpreses –va dir Clara, amb cara de preocupació–. Es pot saber què passa?

–Que ens n'hem d'anar a un altre lloc. El propietari diu que ha rebut una notificació urgent de l'ajuntament que li comunica que expropiaran aquesta casa. Que l'han d'enderrocar per la via d'urgència i que, abans que acabe maig, la casa ha de quedar lliure. De manera que ja veieu que ens haurem de canviar a un altre lloc.

–Canviar-nos? I per què?

–Perquè just per ací –César assenyalava amb les mans el terra de la cuina– passarà la via de circumvallació que faran al voltant del parc. Les obres començaran de seguida, perquè tot ha d'estar acabat al desembre. Us agradaria dinar mentre els cotxes passen per la sala? Zuuum, zuuum! Segur que no deu resultar agradable.

Mentre parlava, el pare seguia amb el cap la trajectòria imaginària dels cotxes que travessaven la cuina a tota velocitat. Marta li va preguntar:

–I per què tenen ara tanta pressa, papà?

–Marta, filla meua, no saps que l'any que ve hi ha eleccions? Han decidit reformar tota aquesta zona. I hem de deixar la casa buida, tenim fins al 31 de maig de data límit. De manera que hem de posar-nos a buscar una casa nova de seguida, si no volem muntar una tenda de campanya al parc.

«Fan!», va pensar Marta, en comprendre la situació que explicava son pare. Si enderrocaven la casa, això volia dir que Fan quedava deslliurat de la maledicció que mai no li havia volgut explicar. Lliure per anar on volguera! Li ho havia de dir de seguida!

Va pujar per l'escala com un coet i va posar en marxa l'ordinador. Així que se'n va il·luminar la pantalla, hi va teclejar ràpidament:

Fan, notícies fresques! Estàs per ací?

Les tecles començaren a moure's soles i la xiqueta va sospirar, alleugerida.

M'has trobat per casualitat. Note una sensació estranya en l'aire. Les teues notícies hi tenen alguna cosa a veure?

Supose que sí. Han d'enderrocar aquesta casa! Seràs lliure, lliure per anar allà on vulgues.

Enderrocar la casa? Tu saps què dius? Conta-m'ho tot de seguida!

La contestació de Fan havia aparegut tan ràpida com un llampec. Marta va teclejar de pressa tota la informació que tenia sobre l'assumpte, que tampoc no n'era gaire. Quan va acabar, la resposta de Fan va tardar uns quants minuts. Feia la impressió que aquell ésser tan estrany necessitava temps per a pair la notícia.

Lliure! Fa tant de temps que espere aquest moment! Però algun dia havia d'arribar. Només lamente que passe just quan tu estàs ací.

Jo també ho lamente, Fan. Et trobaré a faltar. Encara no sé com m'acostumaré a estar sense tu.

T'hi acostumaràs molt bé, ja ho veuràs. Ara, disculpa'm, la notícia que m'has donat m'ha provocat un gran desassossec. He de resoldre uns quants assumptes. Adéu.

Marta encara va teclejar algunes paraules més, amb la intenció d'allargar la conversa, però de seguida va comprendre que era inútil. Encara que desconeixia els sentiments que poguera tindre un fantasma, no li resultava difícil endevinar els que experimentava Fan en aquell moment. I sabia per experiència que, en casos així, la solitud era la millor companyia.

La xiqueta va apagar l'ordinador i va guaitar pel balcó. S'hi va estar dreta, amb la mirada fixa en l'exterior, observant com les ombres del crepuscle anaven escampant-se pel parc, ja quasi desert. La posava trista la certesa del pròxim enderrocament de l'edifici. Només ara era conscient de la xarxa d'afectes que havia anat teixint-se entre ella i aquella casa que ja era capaç de recórrer amb els ulls tancats i que sentia seua. Què passaria en els pròxims mesos? Hauria de tornar una altra vegada al punt de partida, al dia amarg en què va abandonar la casa de Pontebranca?

Alguns dies després, la notícia va aparéixer al diari de la ciutat, amb grans titulars. La informació ocupava quasi dues pàgines interiors i era com un reportatge extens sobre el tema. Hi havia una entrevista a la regidora d'urbanisme, una extensa descripció del parc, amb informació sobre la gran varietat d'arbres i, per a sorpresa de Marta, un apartat dedicat a la casa on vivien. Segons aquella informació, l'edifici tenia més fama que ella no pensava i el fet que Fan estiguera inactiu una bona temporada no havia fet que la gent l'oblidara. El fragment, que Marta va retallar, era un text a dues columnes, il·lustrat amb una foto de la casa. Hi deia:

Adéu a la casa embruixada

Podria ser la casa on es va rodar *Psicosi,* la cèlebre pel·lícula d'Alfred Hitchcock, o una vella mansió treta dels relats de Lovecraft. En realitat, es tracta d'una de les millors mostres de l'arquitectura colonial dels inicis del segle que tenim a la nostra ciutat. «La casa embruixada», com la coneixen al barri, serà una de les que s'hi enderrocaran per construir una nova avinguda que circumval·larà el parc i contribuirà a fer més fluid el trànsit de la zona sud.

La casa data de 1921 i va ser construïda per un home avui injustament oblidat, Xan López Domínguez, que es va instal·lar a la nostra ciutat després d'una llarga estada a Cuba. En tornar, va fundar i dirigir la revista *Lóstrego*, en la qual col·laboraren homes tan il·lustres com Álvaro Cunqueiro o Manuel Antonio, i que va fer un paper molt important entre els moviments artístics d'avantguarda. Després de la guerra civil, va ser confiscada. El seu propietari, simpatitzant de la causa republicana, va desaparéixer l'estiu de 1936, durant la cruel repressió que hi va haver a Galícia.

La casa va ser ocupada novament l'any 1940. Poc de temps després, hi va haver alguns successos estranys i inexplicables que van contribuir a donar-li una aurèola maleïda. Es va parlar d'aparicions espectrals, sorolls rars i d'altres fenòmens estranys, però mai no es va poder demostrar res.

Des de la postguerra, la casa va tindre diversos inquilins, però la major part del temps va romandre deshabitada. L'any 1976, amb la recuperació de la democràcia, va ser tornada als hereus de l'indià, que durant tots aquests anys l'han tinguda arrendada.

Els rumors continus, mai no confirmats, indiquen que els fenòmens paranormals continuaren produint-s'hi fins a dates pròximes. En l'actualitat, aquesta original casa és ocupada per una família que hi resideix des de fa poc de temps a la nostra ciutat.

9
Mals temps per a fantasmes

Marta no comptava amb els fets que ocorregueren l'endemà. Devien ser les quatre de la vesprada quan trucaren a la porta. Marta va baixar a obrir, però ja se li havia avançat sa mare, que ara tenia la mà damunt del pom de la porta i, davant, una persona que la xiqueta va reconéixer de seguida perquè havia vist sovint la seua imatge a la televisió i a les revistes. «Maika, Maika Louro.» El seu programa de cada divendres, *Les fronteres del món desconegut*, era un dels més comentats a la seua classe i ella també l'havia vist alguna vegada, més per curiositat que no per interés.

–Bona vesprada, senyora! Permeta que em presente, encara que, potser, vosté ja em coneix: sóc

Maika Louro, de TVL. Dirigisc i presente el programa *Les fronteres del món desconegut.*

Clara va esbossar un somriure interrogatiu, sense saber què dir davant d'aquella visita inesperada. Però la periodista sí que s'havia aprés bé el discurs.

–Mire, el motiu de la nostra visita és molt fàcil d'explicar: volem fer un breu reportatge sobre la casa, supose que deu conéixer les estranyes històries que se'n conten. Ja ens hem posat en contacte amb el senyor López Mendiguren, el propietari, i ens ha dit que per ell no hi havia cap inconvenient, però que havíem de parlar amb els inquilins actuals. I ací estem. Què me'n diu vosté?

Clara no hi va posar cap objecció perquè les càmeres entraren a la casa, encara que els va demanar que procuraren no molestar gaire. Maika anava acompanyada per un equip de cinc persones, que de seguida prepararen les càmeres i els focus i ompliren de cables la planta baixa.

Marta va creure que la periodista estava una miqueta decebuda en comprovar que aquella casa era del tot normal, amb els mateixos mobles i els mateixos objectes que es podien trobar en qualsevol altra casa. Li va fer por pensar que en qualsevol moment, atret per la novetat, Fan tinguera l'ocurrència d'aparéixer. «Fan, per l'amor de Déu», va pensar Marta, «que no et passe pel cap moure ni un full de paper, que després eixirà tot per la televisió i ho sabrà fins a l'última mona».

Mentre els seus companys gravaven fins a l'últim racó de totes les habitacions, Maika va manifestar el desig d'entrevistar els inquilins de la casa per tal d'incloure les seues opinions en el reportatge. Després de parlar amb elles durant una bona estona, la periodista els va dir adéu i els va informar que la gravació s'emetria divendres següent.

Era un programa que ni Marta ni els seus pares no es podien perdre. Aquell divendres, vencent les protestes de César, portaren el sopar a la sala i ho prepararen tot per veure còmodament *Les fronteres del món desconegut*.

El programa tenia diverses seccions en les quals es tractaven temes d'astrologia, ovnis i fantasies semblants. El reportatge sobre la casa del parc era el plat fort del programa i el van deixar per al final. Després d'un espai dedicat a la influència dels astres i d'una entrevista amb un home que assegurava haver viatjat a través del temps, i després d'una successió interminable d'anuncis, va aparéixer a la pantalla el títol del reportatge:

MALS TEMPS PER A FANTASMES

La cara de Maika va ocupar la pantalla durant un o dos minuts, mentre presentava el tema estrella del dia. Després hi va aparéixer una successió d'imatges tenebroses de la casa, enfocada sempre en contrapicat, mentre s'escoltava un crit prolongat com un soroll de fons.

Quan encara no havien passat ni cinc minuts, les protestes de Clara, César i Marta impedien escoltar les paraules que emetia la pantalla. Els tres passaren per la sorpresa, el desconcert i una forta irritació. I tenien motius. Si s'havien de fiar dels qui havien fet el reportatge, tots creurien que en aquella casa es produïen una sèrie de fenòmens estranys i que els membres de la família que l'ocupaven (és a dir, ells!) estaven aterrits des que hi vivien, però no eren capaços de deixar-la, «com si foren presoners d'una maledicció que els lligava a la casa». A la pantalla, van aparéixer Marta i Clara, parlant davant la càmera. Però no eren les seues veus les que s'hi escoltaven, sinó unes altres veus, en *off*, que posaven a les seues boques afirmacions que elles no haurien fet ni en els pitjors malsons. Una música inquietant i unes imatges distorsionades de les diverses habitacions completaven el panorama. Ja cap al final, hi apareixia el terrat de la casa, amb uns primers plans del telescopi, mentre la veu de Maika es prenia la llibertat d'especular a propòsit de «la naturalesa oculta de les activitats de Clara», insinuant que la mare de Marta utilitzava l'aparell per a dur a terme «pràctiques semblants a les de les antigues bruixes que poblaren, en uns altres temps, el nostre país».

Marta va agrair infinitament que l'endemà fóra dissabte. No li abellia gens aparéixer per l'institut després d'aquell programa, el preferit per molts joves.

Sa mare va estar penjada al telèfon des que es va aixecar, tractant de comunicar amb Maika Louro. Però als estudis de televisió li deien una vegada i una altra que encara no havia arribat. Per fi, a mitjan matí, va aconseguir parlar amb ella. Marta només escoltava les contestacions de sa mare, cada vegada més pujades de to, però no era difícil endevinar les paraules que deia Maika des de l'altra part del telèfon.

–...

–Li he trucat per a manifestar-li la meua protesta més enèrgica pel contingut del reportatge que ha emés sobre la nostra casa. Em pensava que tenien més vergonya i més respecte per la veritat!

–...

–Però quin punt de vista ni quines històries! Vosté només és una desvergonyida i una mentidera! O una harpia que comercia amb la vida de les persones!

–...

–Com que totes les opinions són respectables? Ja m'agradaria que fóra veritat! I què ha passat amb les paraules meues i de la meua filla? Quan ens han deixat dir la veritat?

–...

–I a mi què m'importa que l'audiència haja crescut quinze punts! Són els punts que li hauran de posar a vosté si me la trobe davant algun dia! Els hauria de créixer la vergonya! Què vol dir, amb això d'emocions fortes? I per què no es disfressa vosté de vampiressa i xucla la sang d'algun dels seus col·laboradors, en directe? Si ho fa, sí que li pujarà l'audiència!

–...

–Però...! Si tracten de posar una altra vegada els peus en aquesta casa, sabran què és la por! Sentiran terror, però no dels éssers d'ultratomba, sinó de mi!

–...

–Amb el telescopi, precisament, li pegaré, i jo ja sé on! Vampiressa! Cretina! Tergiversadora! Imbècil!

Quan sa mare va penjar el telèfon, Marta va estar a punt d'aplaudir. Sí senyora, allò havia estat molt bé! Quin repàs s'havia emportat la tal Maika! En moments com aquell, l'admiració que Marta sentia per sa mare no tenia límits.

La xiqueta va decidir que Fan mereixia saber tota la història, de manera que va pujar a la seua habitació, en tancà la porta i va posar en marxa l'ordinador. Tingué sort, perquè Fan era per allà; en realitat, com li va dir de seguida, esperava aquell contacte.

> Note vibracions estranyes en la casa des d'anit. Sobretot per on passa ta mare, mai no havia vist un rastre d'energia tan potent. Què ha passat?

Li va costar bastant de temps, però Marta va teclejar un bon resum de totes les coses que havien passat des del dia que Maika i els seus col·laboradors arribaren a la casa per fer el reportatge. Fan només la va interrompre dues o tres vegades, per demanar-li alguna explicació. Quan va acabar de contar-li-ho tot, l'opinió del fantasma no s'hi va fer esperar.

És una falta de respecte a vosaltres, però també és una ofensa per a mi. A veure si creuen que jo sóc com un d'aquells fantasmes ridículs de les pel·lícules! Ja no respecten res. Ara que, una part de culpa també la tens tu, amb la teua quimera que no em manifeste. Amb la que hauria pogut muntar el dia que vingueren a gravar!

Perdona, Fan. Jo no podia imaginar què passaria.

Deixa-ho, ara ja ha passat. I tu no creus que la tal Maika mereix un bon escarment?

Sí que el mereix! Però no sé com li'l podem donar.

Envia-li bombons.

En llegir aquelles paraules, Marta va creure que Fan desvariava. Què tenien a veure els bombons amb tot allò? Però Fan hi va insistir:

Que li envies bombons. O qualsevol altra cosa de menjar, però els bombons són millors. I, abans, deixa'm manipular-los, naturalment.

Ara sí que havia comprés Marta quines eren les intencions del seu amic. Somrient, va obrir el calaix de la taula on guardava els diners i en va agafar la quantitat necessària. Era una sort tindre alguns diners estalviats per a poder fer front a urgències com aquella.

Poc de temps després, Marta ja havia tornat a casa. Davall del braç, duia una caixa de bombons de licor, acuradament embolicada en paper de regal. La va deixar damunt la taula i se'n va anar. Va calcular que amb una mitja hora Fan tindria temps més que suficient. Mentrestant, a l'habitació del costat, va redactar una nota breu per a acompanyar el paquet:

Benvolguda Maika,

Crec que ma mare no ha sigut justa amb vosté. A mi m'ha encantat el programa, tan ple de fantasia i creativitat. Accepte aquest regal i les meues disculpes.

Atentament,

Marta

Al cap de mitja hora, tornà a la seua habitació; segur que Fan ja havia tingut temps d'acabar la faena. A la pantalla, hi havia un missatge breu:

Envia'ls tan aviat com pugues perquè aquest encanteri perd de seguida les propietats. Ara caldrà esperar el programa de divendres. Adéu.

Marta va agafar la caixa de bombons, va posar la nota dins d'un sobre i ho tornà a embolicar tot una altra vegada amb el paper de regal. En una etiqueta adhesiva va escriure el nom de Maika i l'adreça de la TVL. Va eixir al carrer i va anar a una agència de missatgeria, per davant la qual passava sovint quan anava a l'institut. Va deixar el paquet, va pagar els diners que li demanaren pel transport i va tornar a casa. Ara, només calia esperar que tot isquera com Fan i ella volien.

Marta va passar tota la setmana esperant amb impaciència l'arribada de divendres. A classe, les bromes no en foren tantes com esperava, no sabia per què. Potser perquè els seus companys s'adonaven que tot era una exageració immensa o, potser, al contrari, perquè alguns consideraven que el reportatge era veritat i no volien molestar Marta, no fóra cas que tinguera també poders màgics. El cas és que a penes hi va haver comentaris, llevat dels de Bea i les altres de la colla, que comprenien com d'enfadats estaven Marta i els seus pares.

Divendres, Marta va demostrar un interés inusitat per veure el programa de Maika Louro. Els pares no volien, però després d'un intercanvi d'opinions es van deixar convéncer, tot i que de mala gana. De manera que, a l'hora assenyalada, estaven una altra vegada els tres asseguts a la sala, atents a la televisió. Bé, en realitat, qui estava atenta era Marta, perquè Clara i César semblaven més interessats en la lectura dels diaris.

Va començar el programa, amb la música de misteri que solien posar. Poc de temps després, aparegué a la pantalla Maika Louro per a presentar els espais que tractarien aquella nit. Així que va començar a parlar, els pares de Marta van haver de deixar els diaris i unir-se a les rialles de la filla, que es moria de riure en sentir la presentadora. I tenia motius perquè la veu de la presentadora va començar a sofrir una sèrie de variacions que anaven des d'un to d'ultratomba fins als tons més aguts. Semblava més un programa d'humor que no de misteri, amb tota aquella simfonia de veus ridícules. Hi va haver un tall sobtat amb l'excusa d'unes dificultats tècniques. Després d'alguns anuncis, tornà a eixir Maika, amb la seua veu de sempre. Va fer una rapidíssima presentació i va anunciar una entrevista amb una persona que havia vist un ovni feia uns dies, a prop de Vilalba.

L'entrevista va ser un desastre. Maika s'equivocava ara i adés, repetia paraules, quequejava i deia incoherències que no tenien res a veure amb el programa. De tant en tant, un so d'animal li eixia de la gola, com si es tractara d'un concurs d'imitacions. La cirereta va ser quan la presentadora, dirigint-se a la càmera, va dir: «Senyors espectadors, tot açò que acaben de sentir en l'entrevista és mentida. La veritat és que aquest home no està bé del cap, jo crec que no mereix ni els mil euros que li hem pagat per les declaracions. A més...». Maika va continuar parlant, però des del control devien haver-li llevat la veu, perquè només la veien moure els llavis. En aquells moments, començaren a eixir-li de la boca una mena de bombolles de sabó de colors que s'enlairaven lentament, s'unien en l'aire i formaven la figura d'un fantasma. Aquella mena d'ectoplasma va fer un gest de burla dirigit a la càmera i això ja degué ser massa perquè la imatge va desaparéixer i la pantalla es va quedar fosca durant uns quants segons. Després hi va aparéixer un locutor que va informar que, per dificultats tècniques, no podien seguir emetent el programa i que a continuació emetrien una pel·lícula.

El programa, en conjunt, va ser per morir-se de riure. Mitja població devia estar burlant-se de l'actitud de Maika Louro, com Marta i els seus pares.

–No volia audiència? Em fa la impressió que avui ha pujat com un coet, però no els deu fer gens de gràcia! –va comentar Clara.

«Aquest Fan és increïble!», va pensar Marta. «Segur que Maika no tornarà a tindre ganes de fer programes plens de mentides! I, ben mirat, tampoc no crec que tinga moltes ganes de menjar bombons durant una bona temporada!»

10

L'última conversa

–Has de desconnectar l'ordinador, Marta –li va dir son pare mentre desdejunaven–. I guardar les teues coses en les caixes. Recorda que demà a les deu vénen els de la mudança a carregar-ho tot, llevat dels mobles.

«És veritat, demà ja és dijous!», va pensar la xiqueta. Les últimes setmanes li havien passat molt de pressa, potser com a conseqüència del ritme frenètic que s'havia instal·lat a sa casa des de l'anunci de l'expropiació. Durant molts dies, els seus pares no feien altra cosa que dedicar tot el temps lliure a buscar una altra casa. Al mateix temps, una sensació de provisionalitat va començar a instal·lar-se entre els veïns de la casa; des que sabien que se n'havien d'anar, feia la impressió que el lloc assignat a cada cosa ja no tenia gens d'importància. Els diaris apareixien als llocs més impensables, oberts sempre per les pàgines d'anuncis per paraules. I Clara, telefonant ara i adés, semblava estar unida al telèfon com si fóra un cordó umbilical.

Les dificultats semblaven acumular-se segons que anaven passant els dies i Marta pensava que potser això d'instal·lar una tenda de campanya al parc era alguna cosa més que una broma de son pare. Però, des de feia una setmana, els problemes havien començat a solucionar-se: els seus pares aconseguiren llogar una altra casa i havien arreglat tots els papers de pressa. I ara arribava el moment de preparar-ho tot per al trasllat, que seria al cap d'uns dies.

«No puc desconnectar l'ordinador sense parlar abans amb Fan», va pensar Marta. «Serà la nostra última conversa! Li he de dir adéu abans que tot acabe.»

Va comentar a sa mare que estaria a la seua habitació, recollint-ho tot. Però en realitat només volia que no la molestaren. Quan va arribar al dormitori en va tancar la porta per dins i va posar en marxa, una vegada més, l'ordinador. Després hi va escriure un missatge breu:

Fan, he de parlar amb tu. Vine, per favor.

Es notava que el fantasma també tenia pressa, perquè la seua resposta hi va aparéixer de seguida:

Ací estic. Com van les coses?

Fan, avui he de desconnectar l'ordinador, demà vindran a emportar-se'l! I, després, ja no podré tornar a parlar amb tu mai més. Aquesta serà la nostra última conversa.

És a dir, que ja heu trobat una altra casa. Es pot saber on és?

No gaire lluny d'ací, a l'altre costat del parc, molt a prop d'on viu Bea. Però no és una casa, és un pis. Un sisé, amb un terrat molt gran, perquè ma mare puga continuar amb el seu observatori i amb l'estudi de les estrelles.

I, ara, quant de temps falta perquè enderroquen la casa?

Dues o tres setmanes, pels comentaris que li he sentit a mon pare. Aleshores seràs lliure! On penses anar? Per què no et traslladis a la nostra casa?

Dona, a una altra casa no hi vaig! A més, i que no et semble malament, que no és per tu, ja estic una miqueta fart del tracte amb els humans. M'estime més perdre'ls de vista una bona temporada. Probablement, me n'aniré de la ciutat. Us vau enfadar per allò de la tele, però potser aquella dona tenia raó: són mals temps per als fantasmes.

Jo et trobaré molt a faltar.

I jo també a tu. A tu i a la casa. Sembla mentida, però tampoc no m'abelleix anar-me'n lluny, fins i tot els de la nostra espècie acabem sentint afecte per les coses. Potser em quedaré pel parc un temps, abans d'anar-me'n definitivament. M'abelleix i m'ofereix moltes possibilitats de diversió. I, després, ja veurem.

Sentiré molt que te'n vages!

Deixa això ara, Marta. Fa temps que no em contes res de la teua vida i aquesta és la nostra última conversa. Com van les coses a classe?

A classe va tot bé, millor que no em pensava. El curs m'ha resultat molt fàcil, segur que les aprovaré totes. En realitat, no he notat tanta diferència amb l'escola de Pontebranca. Em va costar integrar-me al grup, ja ho saps. Supose que això sempre costa temps.

I com van les relacions amb Bea?

És la meua millor amiga, ho saps molt bé. Més d'una vegada he estat a punt de contar-li la nostra amistat secreta! Però ho he pogut resistir, açò és un assumpte entre tu i jo i prou. Si no fóra per ella, segur que tot m'hauria resultat més difícil; va ser una sort i m'ha ajudat des del primer dia.

I amb Miquel? Com et van les coses amb Miquel últimament?

Els colors pujaren de sobte a la cara de Marta. De manera que Fan ho sabia! I ella que creia que només Bea havia observat algun detall! Encara com Fan no podia veure-la, perquè li feia molta vergonya notar com la sang li cremava les galtes. Però sabia que era ridícul negar-ho al seu amic.

No puc dissimular amb tu, Fan. M'agrada Miquel, m'agrada molt i a mi també m'agradaria agradar-li. Si ara haguera de canviar de centre una altra vegada, tindria un disgust de mort. Però, tu com ho saps?

Dona, se suposa que entenc d'açò una miqueta més que els humans. Era fàcil notar com variaven les vibracions cada vegada que escrivies el seu nom. A més, no és res de l'altre món, no creus?

La conversa continuava i el temps passava sense que ho notaren. Cap dels dos no volia abandonar aquell diàleg, eren conscients que mai més no tornarien a parlar.

He d'apagar l'ordinador, Fan. De veritat que no ens veurem mai més? Voldria continuar sabent coses de tu.

És millor així, Marta. Hi ha coses que els humans no podeu comprendre. Has conegut el meu costat

amable, però també puc ser t
sé com he aguantat tant de te
de les meues!

Però, Fan, a qui li contaré ara l

A Bea. I a Miquel. I a altres am
encara no coneixes però que h
teua vida. O vols que els meu
anomenant-me «el fantasma d

Les últimes paraules van qu
pantalla. Marta les mirava sense
la comunicació. Al cap d'uns seg
escrita una nova línia:

Adéu, Marta, ha sigut molt bonic veure't créixer.

Com que créixer? Jo feia un metre cinquanta-nou i ara en faig un seixanta-dos. No ha sigut créixer, precisament, la meua principal activitat d'enguany!

Jo ja m'entenc. Vinga, apaga'l ja!

Marta continuava dubtant, sense saber què fer. Sempre li costava dir adéu, però aquesta vegada, encara li costava més. Mai més no tornaria a parlar amb Fan, un ésser que havia començat fent-li tanta por i que havia acabat resultant-li imprescindible. Va teclejar la que havia de ser la seua última frase:

Adéu, Fan. Per damunt de tot, és un adéu molt trist. Ni tan sols ens hem pogut besar!

Dona, això sí que ho podem resoldre. Quan desconnectes l'ordinador, busca un punt brillant que apareixerà enmig de l'habitació. Acosta't i tracta de besar l'aire just en aquell punt.

Ah, ja se m'oblidava: no faltes el dia que enderroquen la casa!

Ara Marta sí que es va decidir i desconnectà l'aparell. Mentrestant, notava que se li feia un nuc a la gola. Després es va incorporar i va buscar el punt brillant que li havia dit Fan. El va veure de seguida: una llumeneta de les dimensions d'un pésol hi destacava, uns cinquanta centímetres per damunt del seu cap. Va pujar dalt d'una cadira. Però hagué de moure-la un parell de vegades més, fins que el punt lluminós es va quedar a l'altura dels seus llavis. Aleshores, va tancar els ulls i va besar la llum.

Així que ho va fer, notà que l'envoltava un remolí. Li feia la sensació que flotava en l'aire de l'habitació. Però, on anava la seua habitació, la seua casa, el parc i tota la ciutat? Va notar que iniciava un viatge per un territori que semblava el dels seus somnis. Després, tingué la certesa que tot s'esvaïa i que queia des d'una altura infinita, primer a gran velocitat i després a poc a poc, fins que va caure sobre una superfície tova.

Va obrir els ulls. Ara ja no era dreta damunt de la cadira, sinó gitada damunt del llit de la seua habitació, la mateixa habitació on hi havia totes les seues coses i on acabava de parlar amb Fan, a través d'un ordinador ara mut i apagat.

11
La fi de la maledicció

La voladura de la casa del parc, l'enderrocament de l'emblemàtica casa embruixada que havia assolit tanta publicitat, va provocar una gran commoció a la ciutat. Va ser una notícia que va fer córrer rius de tinta i que va suscitar les més diverses interpretacions per part dels experts en fenòmens paranormals. Les persones presents aquella vesprada tardaran molt de temps a oblidar què va passar i moltes d'elles encara deuen dubtar si el que van veure va ser veritat o només havia sigut un estrany fenomen de suggestió col·lectiva, com afirmava l'informe oficial del fet.

Marta, Bea i Miquel eren tres de les persones presents quan se'n va produir la voladura. La xiqueta va seguir el consell de Fan i va decidir assistir a l'enderrocament de la que, fins feia poques setmanes, havia sigut sa casa, aquell lloc on li havien passat tantes coses extraordinàries. I va demanar als seus millors amics que l'acompanyaren, animant-los amb l'excusa de fer també una volta amb les bicicletes.

Quan arribaren a les proximitats del parc, van veure que s'hi havia reunit un nombre considerable de persones. Els obrers ja feia hores que estaven preparant-ho tot per al moment en què s'activaren les càrregues de dinamita que havien d'enderrocar la casa. Una llarga cinta roja i blanca indicava el límit fins on es podien acostar les persones que volien contemplar l'enderrocament.

En el moment en què els obrers acabaren de posar les càrregues d'explosius, el capatàs els va ordenar que es retiraren. En aquell mateix instant, sense cap justificació, una boira espessa, com la que arriba de la mar algunes vesprades càlides d'estiu, va començar a eixir de la part baixa de la casa, com si brollara dels fonaments. La boira, en compte d'escampar-se pels voltants, va anar ascendint com una heura de fum per les parets fins que va tapar tot l'edifici, que estava cobert del tot per l'estrany fenomen. Semblava que aquell enorme núvol gris s'havia engolit la casa sencera.

Després, a la mateixa velocitat a què s'hi havia format, la boira va anar esvaint-se fins que va desaparéixer del tot i la casa tornà a mostrar-se als ulls de tots els presents. Però, ara, les parets semblaven emetre una estranya fosforescència i els vidres de les finestres lluïen com si estigueren pintats de colors molt vius. Aquells vidres de colors començaren a il·luminar-se alternativament, com les peces d'un mosaic que s'encenia o s'apagava al ritme d'una música desconeguda. Cap de les persones presents s'hi movia, tots contemplaven l'espectacle amb les boques obertes.

El ritme a què s'hi encenien i apagaven els vidres va anar intensificant-se fins que tots els colors es posaren a brillar alhora, amb una gran intensitat. Aleshores, com si fóra la traca final d'una exhibició pirotècnica, els vidres de les finestres saltaren enlaire, trencats en mil miquetes, mentre s'hi va escoltar un so agut i penetrant. Després, el fenomen lluminós va desaparéixer i tot tornà a la calma.

El primer a reaccionar va ser l'encarregat de la voladura, que devia pensar que era millor rematar com més prompte millor aquell treball. Va demanar a tots que s'apartaren i s'acostà al detonador que havia d'activar les càrregues explosives. Va accionar una palanca menudeta i, quasi al mateix temps, s'hi va sentir un so sord, soterrat. Durant un instant màgic, la casa semblava suspesa enlaire, en un equilibri inestable. Després, com si tot passara a càmera lenta, va anar encongint-se sobre ella mateixa, mentre les parets s'enfonsaven i es trencaven a trossets, en uns segons que semblaven interminables. Finalment, s'hi enderrocà amb un enorme estrèpit, i va fer un gran núvol de pols.

Quan la pols es va escampar i ja semblava que tot havia acabat, un llampec d'intensa llum blava va emergir dels enderrocs, davant la mirada atònita dels presents, que no comprenien les causes d'allò que veien. El remolí es comportava com si tinguera vida pròpia i adoptava les formes més estranyes. Després de les diverses transformacions, aquell remolí d'aire blavós va anar estirant-se més i més, fins que es va convertir en una fletxa llançada a una altura considerable. Finalment, la fletxa blava es va dirigir al nord i va desaparéixer, i hi deixà un rastre semblant al que deixa al cel la trajectòria dels avions de reacció.

Quan tot va acabar, les persones presents començaren a reaccionar, com si es despertaren d'un somni. Marta era conscient que només ella podia entendre quina era la causa d'aquell comiat tan original. Es va quedar uns minuts mirant el cel, amb un somriure als llavis. «Adéu, Fan», va dir en veu baixa, «em resultarà molt difícil oblidar-te». Després va mirar a la seua esquerra, on eren els seus amics. Bea la mirava d'una manera inquisitiva, com si volguera dir-li que algun dia li hauria de contar els secrets de tots aquells fenòmens extraordinaris i que no es conformaria amb una explicació qualsevol. Miquel, ben al contrari, mirava a terra, amb les mans dins les butxaques, i semblava absort en els seus pensaments. Segur que

estava tractant de trobar una explicació, per increïble que fóra, a tots aquells fets que acabava de veure.

–Anem –va dir Marta–. Ací ja no hi ha res a veure.

Van anar als bancs de la font, on havien deixat les bicicletes; pujaren i es posaren a marxar per un dels carrils que travessava el parc. Mentre pedalejava, Marta anava repassant totes les coses que li havien passat des que la seua família havia arribat a la ciutat. Notava que aquell era el moment de dir adéu a una etapa de la seua vida. Adéu als últims mesos, adéu a aquella casa i a aquell fantasma amic amb qui tantes vegades havia parlat gràcies a l'ordinador. Va contemplar el camí que s'obria al seu davant, vorejat de prats, i després va mirar als dos costats. Miquel i Bea pedalejaven al seu costat, disposats a acompanyar-la. Va sentir que no estava sola, que tenia al costat dos amics de veritat. Va mirar per última vegada el cel, on s'esvaïen les restes de fum blau, i va somriure. Com li agradaria que Fan trobara, en la seua vida, una companyia tan bona com la que ella tenia ara!

ÍNDEX

Del mateix autor

Les flors radioactives
d'Agustín Fernández Paz
ISBN: 978-84-7660-087-0
«El Micalet Galàctic», 6
Sèrie Blava
A partir de 12 anys

Un estrany fenomen té lloc a la zona marítima on abocaven els seus residus nuclears diversos països europeus. Alba será la protagonista d'una història amb repercussions mundials.

Del mateix autor

Contes per paraules
d'Agustín Fernández Paz
Dibuixos de Javier Lacasta Llácer
ISBN: 978-84-9026-273-3
«El Micalet Galàctic», 191
Sèrie Roja
A partir de 10 anys

Com que les notícies només parlen de gent important, el protagonista d'aquest llibre decideix llegir les pàgines d'anuncis per paraules del diari. I és que, darrere d'uns anuncis tan breus, moltes vegades s'amaguen històries increïbles i aventures de tot tipus. Així, amb els nou relats de Contes per paraules descobrirem aspectes sorprenents sobre la nostra realitat.